講談社文庫

風雲

戦国アンソロジー

矢野 隆、木下昌輝、天野純希、
武川 佑、澤田瞳子、今村翔吾

講談社

目次

風雲

戦国アンソロジー

一時の主

矢野 隆

その時、太閤秀吉は御伽衆を集めて談笑していたという。

「儂が死んだ後、天下を手にするのは誰であろうかのぉ」

ほがらかな春の陽がさす聚楽第の自室で、日頃から気安く語らいあっている御伽衆を前にして、太閤はいつにもまして上機嫌であったという。己の死後、豊臣家の天下を簒奪する者は誰かなどという話をみずから持ちかけるなど、普段のあの男からは考えられなかった。小田原攻めの勝利とその後の奥州仕置によって、天下は太閤のものになった。主、信長ですらなしえなかった偉業を成しとげ、心が晴れやかだったのは容易にうかがわれる。

「みな忌憚なく申してみよ。戯言じゃ戯言。誰の名がでても、儂はいっこうに気にせぬ。遺恨は残さぬゆえ申してみよ」

貧相な口髭をふるわせて、太閤は声をあげて笑ったという。

「では申しあげまする……」

秀吉とさほど年のかわらぬ禿頭の男が口火を切ったそうだ。

「某が思うに、徳川殿かと」

「やはり最初にその名が出るか」

家康はこの時、小田原征伐の功により、関東八国を手中におさめたばかり。豊臣家の家臣のなかで領国は抽んでていた。

ひとりが答えると、我も我もと後につづく。

「前田殿かと」

「犬千代か」

若き頃からの呼び名を口にして秀吉は笑った。犬千代こと前田利家は、秀吉の長年の盟友であり家康に次ぐ大身である。

「では拙者は上杉殿を」

軍神と讃えられた先代によって培われた武威の気風が残る北国の雄の名を、ある者は答えた。

「それでは私は毛利殿かと」

小国の国人から中国の覇者にまで登り詰めた名家の名が挙がる。

「うむうむ。やはりその辺りの名が出るか」

満面に笑みをたたえてはいるが、秀吉はどこか不服そうだったという。御伽衆などしょせんは話し相手。主の機嫌を損なえばそれまで。誰ひとりとして太閤の顔色の変化に気付かなかった者はいなかっただろう。

「もうおらぬか」

太閤はおだやかに問うたそうだ。いい歳をして話し相手しかできぬ男たちが雁首をそろえて、秀吉の頭のなかにある名を探り当てようと躍起になった。

だが、最後までその名はでなかったという。

「御主たちはひとり、忘れておるぞ」

勝ち誇ったように秀吉は生白い顔をした男どもに言ったそうだ。

「官兵衛よ」

*

この話を人づてに聞いた時、官兵衛は隠居を決意した。思えば官兵衛の心の最奥にあるものを的確に見抜いていたのは、あの猿面冠者だけだったように思う。

主が面白がる話はないかと、大名らの世間話から巷間の民の噂まで、あらゆることに耳をそばだてている御伽衆たちですら、官兵衛が奥底に秘めた野心には気付かなかった。黒田官兵衛孝高は太閤殿下の忠実な腹心だという揺るぎない観念が、彼等の頭から官兵衛の陰鬱な顔を消してしまったのだ。

あれから十一年が経ち、官兵衛は五十五になった。二十二の時に家督を譲られた息子の長政は三十三だ。

人間五十年……。

すでに五年も余計に生きている。

真っ白に染まり伸びに伸びて簾のように目をおおう眉毛の下に怪しき光をたたえ、

「まだまだ終れぬわ」

官兵衛は誰に言うでもなくつぶやいた。

眼前に広がる豊前中津の街は、むせかえるほどの熱気に包まれている。黒田家豊前十二万石の中心である中津は、銭の匂いを嗅ぎつけた荒くれ者たちで埋め尽くされていた。

秀吉の九州征伐と、その後の仕置によって九州在地の国人領主たちのなかには所領を失った者も大勢いた。それでなくても豊前の大友、薩摩の島津、肥前の龍造寺らによる長年の戦のせいで、主を失ったあぶれ者たちが九州には満ち溢(あふ)れていたのである。銭が無く、戦うことしか能の無い者たちが九州には山ほど余っていた。

戦働きを求める者たちを黒田官兵衛が求めている。中津に赴けば、銭がもらえる。官兵衛はそう触れ回り、浪人たちを募ったのだ。

思惑どおり、腹を空かせた男どもが中津に殺到した。

乱暴な足音が、天守の最上階にただ一人立つ官兵衛へと近づいてくる。長年聞き慣れた音であった。振り返らずとも誰だかわかる。

「大殿っ」

背後に立った大男が叫ぶように言った。黒い染みに覆(おお)われた顔をしかめつつ、官兵衛は肩越しに声の主をにらんだ。

「耳が悪うなったと、儂は一度でも申したか。それとも御主がすぐに物事を忘れてしまうのか。儂は幾度御主に無駄に吠えるなと言ったか、覚えておるか」

もう数十年吐き続けてきた問いを大男に投げかけた。答えはすでにわかっている。官兵衛が立つ戦場の最前線に常に立っていた男は、胸を張って笑う。

「そんなことはどうでもよいのです」

ほらこれだ、と官兵衛は肩越しに男をにらみつけたまま溜息を吐く。都合が悪いことはすべて聞き流す。

「栗山(くりやま)殿が困り果てておられまするっ」

「じゃからもう少し小さい声でしゃべれぬのか、太兵衛(たへえ)」

官兵衛は男の名を呼んだ。母里(ぼり)太兵衛友信(とものぶ)といえば、黒田家中だけではなく諸大名にまで名が広まっている豪の者である。福島正則(ふくしままさのり)と呑み比べの末に天下三名槍のひとつ日本号を勝ち取ったほどの酒豪でもあった。

太兵衛が言った栗山とは、栗山善助利安(ぜんすけとしやす)のことである。二人とも、官兵衛がまだ播磨(はりま)守護赤松(あかまつ)家の家老である小寺(こでら)家の重臣であったころからの家臣であった。城主の説得のために単身敵の城に行き一年あまりの間、官兵衛が水牢に閉じ込められた時も、救出に奮闘してくれたのがこの二人である。いわば官兵衛の腹心中の腹心であった。

「善助がどうかしたか」

「とにかく大殿にお伺いせねば、と言ってうろたえておられまする」

「ほぉ……。あの善助がの」

善助は黒田家臣団の筆頭である。政(まつりごと)における才は、官兵衛も高く評価していた。

「仕方あるまい」

溜息とともに杖を突き、不自由な左足をひきずり振り返った。

「案内いたせ」

強い髭で顔の下半分を黒く染めた大男が口を真一文字に引き結んだまま力強くうなずく。太兵衛とともに辿りついたのは、中津城の大門をくぐった三ノ丸の広場であった。

「御覧のありさまでございます大殿」

苦笑いを浮かべる目尻に深い皺を刻んだ善助が、広場が見渡せる石段の上で言った。官兵衛と太兵衛も同じ場所に立っている。

「集まっておるではないか」

めずらしく機嫌の良い声でつぶやいた主に、太兵衛と善助が互いの顔を見遣る。家臣のことなど気にも留めず、官兵衛は広場を眺めつづけた。

昨日、前髪を剃ったのではないかと思うほどまだ顔に幼さの残る少年から、官兵衛とさほど年が変わらぬであろう老人まで、痩せているのもいれば肥っているのもいる。ありとあらゆる男が、広場に集っていた。銭と飯の匂いを嗅ぎつけてきた餓えた狼の群れに、思わず顔がほころぶ。

こうでなければ……。

杖を握る手が震える。

「あそこを御覧くだされ、大殿」

善助が指さすほうに目をむけると、城の者に名乗り出て支度用の銭を受け取った者が、また列の後ろに並んでいる。

「あの者だけではございませぬ。今朝、門を開けてからというもの、幾人もの不届き者が幾度も名を偽って銭を余計に受け取っておりまする。抜かりはございませぬ。二度以上受け取った者はわかるようにしておりまする」

「それがどうした善助」

問う官兵衛の目は、先刻善助が指し示した男のほうへとむけられている。黒田家から二重取りをしようとしているのに、なんら悪びれもしていない。怯(おび)えるような素振りもない。己はたった今この場に来たと言わんばかりに堂々とした顔で列に並んでいる。

「盗人(ぬすっと)めらが」

毒づく太兵衛を官兵衛は横目で見た。苦虫をかみつぶしたように顔を歪(ゆが)める忠臣の頭に白いものが目立つ。おたがい年を取った。

黒田一の豪の者から黒田一の智者へと目を移す。

「御主がうろたえておると太兵衛が騒ぐから来てみれば、このようなことか」

「そ、某はうろたえてなどっ」

言って善助が太兵衛を見た。

「うろたえておったではないか」

「い、いや大殿はどう仰せになられるかと申しただけで……」

「呼んで来いと言ったではないか」

「こっ、こら大殿を呼んで来いなど、某が申すはずが」

「いい加減にしろ」

若い頃からまったく変わらない家臣たちの口喧嘩をたしなめてから、官兵衛は再び善助に言った。

「二度でも三度でも良い。責めることはない。満足するだけくれてやれ」

「し、しかしそれでは」

闇をたたえた官兵衛の目が、先刻の男にむいた。わずかな時の間にずいぶん進んでいる。もしかしたら幾度か前の者を押し退(の)けたのかもしれない。それでも文句を言われぬだけのただならぬ気配を男は秘めていた。

「天下を盗むことと、あの者たちのやっておることに大差はない。ああいう頼もしき者たちこそが、儂の戦には必要なのじゃ」

「天下を盗むですと」

言った善助が声を失った。

「兵を募っておるのじゃ。それ以外になにがある」

官兵衛の口許に陰湿な笑みが張り付く。

いまは亡き太閤は本当に、人を見る目があったとつくづく思う。

官兵衛は一度として誰かの風下に付いたことはなかった。小寺であろうが織田であろうが豊臣であろうが、官兵衛を押し上げるための便利な駒に過ぎなかった。

功臣、忠臣、謀臣、軍師、腹心……。

冗談ではない。誰かのために戦うなど、ましてや命を賭するなど、官兵衛には考えられなかった。己を利する。それに徹してこその一生ではないか。己を利することに精魂を傾けた末に、家名が挙がり、主家が栄えるだけのことだ。

思えば祖父も父も、そうやって戦国の世を生き抜いてきた。

近江長浜黒田の地に住した佐々木源氏の末流でありながら没落し、諸国を流浪していたという黒田家は、祖父のころ播磨で家伝の目薬を商い財を成したという。祖父、重隆は蓄えた銭で田畑を買い、二百人もの家人を従えた。重隆は赤松家の有力家臣であった小寺家に仕官する。小寺家にて才を存分に発揮した祖父は、めきめきと頭角をあらわしていった。

その後を継いだ父は、祖父が築いた地位を足掛かりにして小寺家の家老職にまで登り詰める。主より小寺を名乗ることを許され、官兵衛も播磨にいたころは小寺を名乗っていた。

父に家督を譲り好々爺(こうこうや)となっていた祖父から童(わらべ)のころに言われたことを、官兵衛はいまでも覚えている。

「いまの世は才覚さえあれば、どこまでも登り詰めることができる。小寺はあくまで一時の主。そう心得よ」

日頃は孫がなにをやろうとにこやかに笑って許していた祖父が、そう言った時だけ瞳に宿らせた殺気は、幼い官兵衛の心に強烈に刻みつけられた。

思えば父も祖父の志(こころざし)を受け継いでいた。

主筋である赤松、別所(べっしょ)、そして西の宇喜多(うきた)と、ひとくせもふたくせもある者たちに囲まれた小寺家の家老として、父は主である政職(まさもと)を支え続けた。小寺家の支城である姫路(ひめじ)城を与えられたのも、父、職隆(もとたか)のときのことである。そもそも職隆の職の字は、主である政職からの偏諱(へんき)だ。それだけ主の覚えもめでたかったということである。

その父から家督を譲られ黒田家の主となった官兵衛が、父の奥底に宿る祖父の魂を感じたのは、小寺家が存亡の岐路に立たされた時のことだ。

美濃、近江、そして大和を領し、天下取りに一番近い大名だと目されていた織田信長が、毛利と雌雄を決するために播磨に兵を進めた。その尖兵として遣わされたのが、羽柴秀吉であった。織田につくか毛利につくか、家臣たちの意見が割れる小寺家のなかにあって、官兵衛は織田家につくことを主張する。何事においても即決をしぶる主、政職を官兵衛は若き情熱のおもむくまま説得した。そのころのことである。姫路城に戻った官兵衛は、隠居していた父に呼ばれた。

「たとえ小寺が毛利につこうとも、御主は織田につけ。いや……。小寺が毛利についておったほうが良いかもしれぬな」

そう言った父の瞳には、幼いころに官兵衛を震わせた祖父の殺気が宿っていた。まだまだ青かった官兵衛が言葉を発することができずにいると、父は言葉を継いだ。

「小寺はあくまで一時の主よ」

祖父と同じ言葉を吐いた父を見て、官兵衛は心につぶやいた。

織田も一時の主……。

父の思惑どおり、一時は織田に頭を垂れた小寺家は後に毛利家に鞍替えした。しかし官兵衛は主家に反し、秀吉に従う。播磨侵攻、その後の毛利家との戦の拠点にと、みずからの城である姫路城を秀吉に明け渡した。結果、祖父と父が一時の主と言ってのけた小寺家の籠る御着(ごちゃく)城は秀吉によって落とされ、政職は備後(びんご)国に逃れてその生涯を終える。その子、氏職(うじもと)は後に黒田家に仕えた。かつての主家はいまでは官兵衛の家臣である。

織田信長が本能寺(ほんのうじ)で死ぬと、秀吉を焚(た)きつけ天下を取らせた。そして官兵衛は豊前十二万石を得たのである。

たかだか十二万石……。

秀吉は己を恐れた。切支丹(キリシタン)になったためだと口では言っていたが、じっさいには官兵衛の奥底に宿る連綿と受け継がれてきた下剋上(げこくじょう)の血を見抜いていたのだ。だから十二万石ていどの領地しか与えなかった。

卓見(たっけん)である。

その秀吉が死んだ。

豊臣家を守ろうとする石田三成(いしだみつなり)たちに焚きつけられた毛利が、秀吉亡きあとの天下を狙う徳川家康と雌雄を決するために大坂(おおさか)で兵を挙げた。

待ち望んだ機がようやく訪れたのである。

黒田家の当主は子の長政に譲っていた。三成と呼応し会津(あいづ)で兵を挙げた上杉景勝(かげかつ)を討伐するための軍勢のなかに、長政率いる黒田家本隊もいる。

長政が兵を率いて出陣するさい、官兵衛は息子を呼び、言った。

「前田利家も死んだ今、いまの世で家康に並ぶ者はおらぬ。それ故、あの男はかならず天下を欲すると思っておった」

そう思ったからこそ、官兵衛は秀吉の死後、家康に接近してきた。あの男の欲をくすぐるためだ。思惑通り、家康は上杉征伐を大義名分として諸大名を引き連れ兵を挙げることに成功した。大坂を空にして、三成の挙兵をも誘導したのである。そのあたりの手並みは、官兵衛をして見事と言わしめるものだった。

豊臣家の重鎮として天下に名を轟かせた父の言葉を、生真面目な息子は一言半句聞き逃すまいと口を真一文字に引き結び聞いている。

「良いか、御主は家康に加勢せよ」

「元よりそのつもりでありまする」

家康との絆を深めるために息子の妻であった蜂須賀家の娘を離縁し、家康の姪で養女となった保科正直の娘を正室にむかえている。長政は家康に従うことに、なんの疑問も持っていないようだった。そんな息子の生真面目な気性など気にも留めず、官兵衛は考えに考えぬいた策を淡々と披露する。

「動かすのは福島正則と小早川秀秋じゃ」

「内府殿の味方にせよと申されまするか」

「一時な」

得心が行かぬといった様子で長政が小首をかしげる。

「正則は御主とともに会津に下る。筑前におる秀秋のほうは、どうやら病と称して家康の出兵に従わぬようじゃ」

秀秋の件は、官兵衛が独自に放った草の報告である。長政は知らなかったようだ。

「大坂を空けておる間に三成あたりが動けば、家康は引き返さねばならぬ。その時、福島がどう動くかで大勢は決するじゃろう」

「豊臣恩顧の正則が内府殿に従うと申せば、他の者たちも従うと」

「そうじゃ」

勘働きは悪くない。

「大坂に取って返した家康が、三成らと戦うさいには秀秋が要となろう」

「金吾は動きまするか」

「秀秋はすでに家康と通じておるやもしれぬ」

これは官兵衛の勘だった。出兵に応じないことにも裏があるとみている。

息子を見つめる瞳に殺気を宿す。

「正則と秀秋……。この二人を徳川に加勢させるのはさほど難しくはなかろう。が、肝要なのはここからじゃ。よう聞け長政」

息子の喉がごくりと鳴った。

「徳川に趨勢が傾いたその時、かねてから申し合わせておった正則と秀秋を引き連れて、御主はすぐさま家康の本隊を襲え」

「な、なんと申されました」

戸惑う息子を無視して官兵衛は続ける。

「この策は機を見る目がなにより肝要じゃ。三成が敗れてはならぬ。かといって無傷ではならぬ。互いが喰い合い、均衡が崩れた刹那を狙うのじゃ。御主と福島、そして秀秋の兵が家康を襲えば形勢は一気に変わる。帰趨をうかがっておる者たちは、我等の味方となるであろう」

「漁夫の利を得よと」

「そのために儂は九州にて兵を挙げる」

「黒田の兵は某が」

「兵などどうとでもなる」

息子の反論をさえぎり語る。

「家康が死ねば、徳川家は要を失う。その間に御主は大坂を抑え、儂は九州を抑える。豊臣家への謀反人として徳川を討ち、我等は大坂に入る」

官兵衛の口許に悪辣な笑みが浮かぶ。

「豊臣など一時の主よ」

祖父と父から受け継いだ邪な楔を、息子の心の深奥に打ち込んだ。

官兵衛の策を胸に抱き、長政は豊前を発った。

徳川と毛利の対立は九州にも波及している。家康に与するのは官兵衛をはじめ、この年の二月に豊後湯布院を与えられた細川忠興の家臣、松井康之と有吉立之が守る木付(杵築)城。そして肥後一国を領する加藤清正らであった。いっぽう毛利方に与するのは豊後では府内城の早川長政、安岐城の熊谷直盛、富来城の垣見一直などである。いずれも取るに足らぬ相手だと思い、官兵衛は落胆していた。朝鮮以来の久方振りの戦である。どうせならば、名のある将と刃を交えたかった。そんな心情を汲み取ったかのごとく、格好の獲物が海から現れたのは、九月九日のことである。

大友義統。

かつては薩摩の島津、肥前の龍造寺とともに九州を三分していた豊後の大大名である。秀吉の九州征伐は、この義統が九州統一を果たそうとしていた島津を討伐するために助けを求めたことから始まった。秀吉の九州征伐の後、豊後一国を与えられたが、朝鮮の役の際に平壌（へいじょう）で戦っていた小西行長（こにしゆきなが）に加勢せずに退却した責めを負って、改易となり毛利家に預けられている。この義統が、家康の留守に乗じて挙兵した三成と毛利輝元（てるもと）の支援を受けて旧領を奪還するため海を渡って豊後浜脇（はまわき）に上陸したのだった。上陸した義統は北進し、細川家の家臣等が守る木付城を目指す。

報を受けた官兵衛は、九千人に膨れ上がっていた手勢を率いて豊前を発し、木付城の救援にむかった。その途上、毛利方の垣見氏の富来城を包囲したのだが大友勢が木付城攻めをはじめたことを知り、包囲を解き木付城へと急いだ。

「敵は我等の進軍を知り、木付城攻めを止め西進し、立石（たていし）まで退いた由にございまする」

木付城へとむかって進軍する官兵衛に、物見の報せをもたらしたのは母里太兵衛であった。軍の最前線である一番を任せている。

「ならば我等は急ぎ木付城へむかい、一刻も早く細川勢と合流いたすぞ」

「ははっ」

雷のごとき大音声（だいおんじょう）で答えた太兵衛が、踵（きびす）を返して去ってゆく。最前列の太兵衛の兵たちが足を速めれば、自然と全軍の足も速くなる。

両軍が対峙したのは九月十三日のことであった。大友の布陣する立石の東方に流れる境川をへだてた石垣原。そのまた東にある実相寺山に官兵衛は本陣を置いた。

「敵の数は千に満たぬものと思われまするな」

三十町ほど離れた敵を本陣の幔幕を背にして見つめながら、栗山善助は言った。官兵衛をはさむようにして太兵衛と善助が立っている。三人で敵の動きをうかがっていた。

善助の言葉を聞いて、太兵衛が鼻を鳴らす。太い腕を胸の前で組んで顎を突き出し、自信に満ちた声を吐く。

「大友再興を豊後の旧臣たちに呼びかけたようですが、集まったのは千に満たぬ数とは……。かつては九州六ヵ国を領したとは思えぬ凋落ぶりじゃ」

言って太兵衛は大声で笑い、強い髭をはげしく揺らした。長年の盟友の言葉を、善助が受ける。

「我等が募った浪人のなかには、かつて大友に仕えた者たちもおりまする。旧主を敵に回して戦わねばならぬとは、時の流れと申すは非情なものにござりまするな」

腹心たちの会話にぼそりと割って入る。

「浪人たちにしかと申しておけ。功を挙げた者は、召し抱えるとな」

食い扶持のために旧主と戦う。これもまた下剋上の世のなせる業かと心につぶやいてから、官兵衛は二人に命じた。

「数で勝る我等だが油断はするなよ。味方の兵どもにも目を光らせておけ。いつ何時、旧主への忠義が蘇るやもしれぬでな」

二人が駆けてゆく。

官兵衛はひとり床几に腰を落ち着け、黒ずんだ頬を撫でた。有岡城の水牢に一年ほど幽閉された折にできた染みである。立つことままならぬ牢のなかに入れられていたせいで、左足が思うように動かない。みずから前線におもむいて戦うなど、できようはずもなかった。戦の流れを予測し、策を立て、家臣たちに命ずる。あとは家臣たちを信じるしかない。

官兵衛の戦は眼下にはなかった。彼の戦場は、つねに己の裡にある。

兵たちが戦うだけが戦ではない。天下の趨勢そのものが、気の遠くなるほどの時をようしたひとつの戦なのだ。官兵衛が心血を注いで戦っているのは、脳裏にある戦のみといっても良い。眼下で行われようとしている戦など、天下という大戦に比べれば余興程度のことだ。敵は寡兵で失地回復を狙う旧領主。こちらは数で勝るとはいえ急場こしらえの軍勢だ。多少の犠牲はあるだろう。押されはするだろうが、次第に流れはこちらにかたむいてくる。一度趨勢が定まれば、あとは一気に決着までなだれこむだけ。どんな愚将が采を振ろうと負けることはない。

天下という大戦は違う。織田、豊臣、そして徳川と、流れは刻々と変わってゆく。一度は勝利したと思った者も、死という敗北には抗えず、個人はおろか家すらも枯れ果ててゆく。

生きているかぎり、官兵衛は勝ちを諦めるつもりはない。

おそらくこれが最後の好機であろう。この機を逃せば、天下という大戦に勝利する望みは無くなったにひとしい。己だけではなく、祖父、父とつないできた戦である。勝ち切るためにも、家康のもとで戦っている息子の決断が重要だった。

「信じておるぞ」

石垣原で激突しようとしている太兵衛と敵をにらみながら、官兵衛は奥歯を嚙み締める。

大友との戦は官兵衛が頭に思い浮かべた通りの展開となった。三日間の戦いのなかで七度ぶつかり、最初のうちは大友勢が圧倒し、黒田勢に多大な被害を与えたが、幾度もぶつかる間にじりじりと数を減らしていった大友勢が次第に押され、義統に大将を任されていた吉弘統幸が討ち取られると、たちまち大友勢は瓦解した。十五日に義統は剃髪。黒田家に捕えられ、ここに大友家再興の夢は完全に断たれたのである。

少しは歯応えがあるかと期待した大友の戦いぶりに官兵衛はすっかり失望していた。それでも止まるわけにはいかない。

豊後国内で毛利方に加勢すると表明した安岐城の熊谷直盛、富来城の垣見一直らをつぎつぎと攻め落とした。

まだまだ足りない。

官兵衛は焦る。

東ではいまも家康が戦っているはずだ。岐阜城を一日で陥落させた家康方諸将は、大垣城にこもる三成とにらみあっている。諸将よりもひと月ほど遅れて江戸を発った家康の到来を待って決戦に臨むつもりだと、長政が報せてきた。

決戦とはいっても大軍勢同士。一度では決着がつかないと官兵衛は見ていた。なんとしても秀頼のいる大坂に家康らを入れたくない三成たちとのあいだで幾度かの衝突があるだろう。その間に膠着もあるはずだし、籠城包囲という局面も生まれるはずだ。

この戦はまだまだ終わらない。

家康の目が三成や毛利に行っているうちに、九州をどれだけ己の色に染められるかが勝負だった。懸念されるのは、肥後の清正と薩摩の島津である。

清正は家康に近く、今回も徳川方に与していた。問題は島津である。主の義久(よしひさ)は沈黙を守っているが、弟の義弘(よしひろ)が毛利方として参陣しているという。このあたりを突いて、毛利方であると決めつけ清正と結託して薩摩を攻めるのが最善であろう。

長政がうまくやれば、徳川方毛利方いずれの損耗(そんもう)も甚大になったところに家康が死ぬ。その機を逃さず、まとめあげた九州の手勢を引き連れ東へ攻めのぼるのだ。大坂への途上には播磨がある。故郷で兵を募れば、まだまだ増えるはず。

徳川方についた諸将を討ち滅ぼし、三成たちを従える。豊臣が残ろうと、どうということはなかった。秀吉のいない豊臣家など、わざわざ策を弄して滅ぼす必要さえない。家臣にしてしまえばよいだけだ。

小寺を従え、豊臣を従える。

一番高いところから見える景色を夢想し、官兵衛の黒く染まった頬がちいさくひくついた。

しかし。

そんな官兵衛の思惑は、一枚の書状でくつがえることになる。

それを受け取ったとき、官兵衛は豊後から筑前へと入り、毛利秀包(ひでかね)の支城、小倉(こくら)城を攻めていた。

「なんと……」

書状を持つ枯れた手に力がこもり、みるみるうちに震えはじめた。陽に煤(すす)けて見える文字も揺れている。官兵衛の両手のあたりに生まれた皺は、一瞬にして書状全体に波及した。破れそうになりながらも、書面の文字だけは必死に官兵衛の目に訴え続けている。

立ちあがったまま震える主の豹変(ひょうへん)した姿に、下座に居並ぶ家臣たちは息を呑む。

家康からの書状だった。

「なにが記されておりましたか」

善助が家臣たちの想いを代弁するようにして、主に問う。

答えたくない……。

答えたくはないが事実は事実。息子からではない。家康からの書状なのだ。

全身を駆けめぐる怒りを腹の底に押し込めながら、官兵衛は平静を保つようにゆっくりと口を開く。

「九月十五日。関ヶ原(せきがはら)で両軍が戦い、一日にして毛利方は総崩れ。敗れたとのことだ」

なにも知らない家臣たちが歓喜の声を上げる。彼等は長政に密かに与えた命も、九州攻めにおける官兵衛の本心も知らないのだから無理もない。

徳川方の勝利をよろこぶ家臣たちに、官兵衛は家康が記してきたことを報せてやる。

「長政は存分に働いてくれたと、内府殿直々に記されておる」

またも家臣たちが声を上げる。そして、ふと我に返った。家康が勝ち、長政が功を挙げたのだ。ならばなぜ、官兵衛は怒っているのか。なぜ吉報をもたらしてくれた書状を破り捨てんとしているのか。そんな皆の想いがひとつになって、陣幕内に沈黙を生んだ。

「内府殿は我等のことはなんと申されておられまするか」

こういう時に切り出すのは、決まって善助だった。官兵衛は書状に目を落としつつ家臣に答える。

「大友義統を生け捕りにしたこと感悦のいたりだそうだ。このまま筑前に兵を進め、毛利秀包を攻めよと申してきておる」

家康へのぞんざいな物言いに、家臣たちの不審がいっそう募る。

この場にいるのが堪え切れなかった。

「疲れた、少し休む」

家臣たちに皺くちゃの書状を放り投げてから、官兵衛は陣幕をくぐって外に出た。叫んだ。

おそらくまだ陣幕のむこうには家臣たちが集っている。そんなことはお構いなしに官兵衛は思いきり叫んだ。気にしてなどいられなかった。とにかく腹中にたまった怒りを吐き出してしまわなければ、己を保つことすらできなかったのだ。天にむかって吠えながら、頭のなかで無数の言葉が渦巻く。

いったいなにがあった。

長政はなにをしていたのだ。

福島が徳川に味方したのは知っている。その結果、家康に従い会津にむかった諸将の大半が徳川方となったということも。

秀秋はどうなった。

なぜ戦が一日で終ったのだ。

東の決着が、官兵衛の策を一気に狂わせた。

声が嗄れ、杖を放って両手を地につく。小石が混ざる土をにらみながら、官兵衛は己に問う。

「どうする……。どうするのじゃ……」

家康は毛利秀包を攻めよと命じてきた。大局が定まっても、家康に背いた者たちの所領は各地に散らばっている。ここで家康が死ねば、敗れた者たちも息を吹き返すはずだ。

「このようなところに止まってはおれん」

家康に命じられたのは癪ではあるが、毛利攻めは続ける。

きっと長政は機をうかがっているのだ。

祖父と父から受け継いだ志は、しっかりと長政にも伝わっている。ただ息子には、官兵衛の二の舞はさせたくなかった。あまりにも己は野心が強すぎた。それを悟られぬよう常に気を張らねばならなかった。だから長政は、考えずとも爪を隠せるように育てた。才はひけらかすものではない、いざという時に使うものだと言い聞かせ、前に出ないことが是だと教え込んだ。

長政は官兵衛のように誰からも疑われることはない。家康も心底から息子を信頼している。だが、長政の穏やかな笑顔の裏には、官兵衛が育んだ毒針がしっかりと仕込んであるのだ。機を見ることも、決断力も父に負けない。体格ならば、元服を果たすころにはとっくに父を超えている。

あの長政が、ここまで粘っているのだ。かならず理由がある。ならば己は当初の策のまま突き進むのみだ。

そこまで考え、なんとか落ち着いた。

官兵衛は鼻から大きく息を吸い、地に転がる杖を取り、立ち上がる。そして一度目を閉じて、杖の先で幾度か地面を突いてから、陣幕へと入った。

中では怯えた顔付きの家臣たちが座っている。

「大事ありませぬか大殿っ」

耳を塞ぎたくなるほどの大声で太兵衛が言った。官兵衛の勘気を恐れて口をつぐむ者たちの心を代弁したのだ。

「大事ない」

答えて元の床几に座す。杖の頭に両の掌を乗せ、家臣たちに目をむける。

「このまま小倉城を攻めるぞ」

返答を拒むかのごとき頑強な言葉に、家臣たちは押し黙りうなずいた。

官兵衛は小倉城を十月六日に落城させ、秀包の居城である久留米城を開城させる。

そのまま肥前へと兵を進めた。肥前の鍋島直茂の子の勝茂は、毛利方に与していたのである。

「主家である龍造寺から懇請され領主となった直茂は阿呆ではない。徳川が勝ったことはすでに知っておろう。こちらの言を素直に聞き入れるはずじゃ」

官兵衛の思惑通り、直茂は説得を聞き入れた。直茂を籠絡した官兵衛は清正と合流し、柳川の立花宗茂を攻める。

宗茂はみずから兵を率い、毛利方として伊勢方面で戦った。その後、三成らが関ヶ原で敗れると大坂へと引き返し、総大将である毛利輝元に徹底抗戦を説いた。しかし輝元から家康に恭順するという意向を聞くと、兵を連れて柳川に戻ったのである。

宗茂が柳川へと戻ったのは十月九日のことであった。官兵衛らが柳川城を攻めたのは、それから十日後のことである。

一刻も早く九州を従えねば……。

大坂で起こるであろう変事を聞いてすぐに九州の大名たちを従えて東進するためには、一日の猶予もなかった。

宗茂の率いる立花軍との戦いは、二十五日、宗茂の降伏で幕を下ろす。

「このまま島津を攻める」

官兵衛の申し出に清正は同意し、両軍は肥後水俣まで兵を進めた。

が……。

いつまで待っても上方から変事の報せは届かなかった。代わりに届いたのは、家康からの書状であった。

「すみやかに兵を退けだと」

官兵衛を味方であると信じて疑わない家康は、これまでの九州での働きを褒めた後、戦は終ったのですぐに引き上げよと言ってきたのである。

「主君面しおって」

黒ずんだ額に青筋を浮かべながらつぶやく官兵衛であったが、ここで逆らうわけにもいかなかった。

家康は生きている。

ここで官兵衛が東進すると言っても、九州の諸大名は誰一人付いて来ない。

「いったいなにがあったのじゃ、長政」

苦渋の決断を官兵衛は下した。

長政が戻ってきたのは、戦後の処理もすべて終った後のことである。毛利方に与した大名たちから奪った領地を家康は味方をした者たちに分け与えた。もちろん長政にもである。

「筑前五十二万三千石でござりまするぞ、父上っ」

目を輝かせながら息子は言った。

豊前中津城の本丸御殿である。広間には親子以外に誰もいない。家臣たちは官兵衛が下がらせた。長政が戻ってはじめての対面である。普段の息子ならば家臣たちがいないことを不審に思っただろう。しかし、頬を薄紅色に染めた長政は、父に伝えたいことだけを総身に満たしているのか、つぎからつぎへと湧き出てくる言葉を抑えきれぬように、しゃべりつづけている。

この男は阿呆なのかと心底うたがいたくなった。

「父上の申された通り、正則と金吾が要でござりました。戦前から父上が吉川に根回しをしていただいておったおかげで、関ヶ原にて毛利は南宮山から一歩も動くことはありませなんだ。そのため我等は後背を恐れることなく、三成めを攻めることができ申した」

すべては父上の御見立てのおかげでござりますと言うと、長政は深々と頭を下げた。下座で頭を垂れる息子を、官兵衛は肘掛に肘を置き、拳に顎を押し付けたまま憮然と見下ろす。

筑前五十二万三千石……。

息子は心から喜んでいる。

いったいなにがそんなに嬉しいのか。所領などどれだけ増えたところで、天を塞ぐ壁があればなんの意味もない。

家康は生きている。

戦後の処理も終った。徳川は味方した諸大名たちに領地を与えながら、それ以上の所領を得ている。秀吉が生きていたころでさえ、豊臣に次ぐ所領を領していたが、もはや徳川を超える大名は存在しなくなってしまった。

天下は家康の手中に収まったのである。

いったい誰のせいだ。

目の前の愚息のせいである。

「長政」

怒りで声が震えるのをどうしようもなかった。肘掛を投げつけなかっただけでも褒めてもらいたいくらいである。

「はい」

褒められるのを待つ童のように瞳をきらきらと輝かせて、長政が上座の父を見た。

疑うことを知らない息子の顔つきに、苛立ちが募る。

「家康とは会うたのか」

「はい」

よくぞ聞いてくれたとばかりに、長政が上ずった調子で語りだす。

「内府殿は今度の戦での某の働きを御褒めくだされ、上座を立ち、某の元まで来られまするると手を取り三度、押し戴かれました」

「そうか」

あの男らしいと心でつぶやいた官兵衛の口許に、忘我のうちに笑みが浮かぶ。それを息子は喜んだのだと勘違いし、腹立たしい言葉をなおも言い募る。

「儂がこうして生きておられるのも其方の御蔭じゃと、満面の笑みで申されました。今度の加増も、某の働きを御認めくだされてのもの。い、いや、もちろん九州での父上の戦働きも加味なされてのことでござりまする」

これ見よがしの阿諛追従に、いよいよ怒りがこらえきれなくなる。

おもむろに官兵衛は立ちあがった。

喜色満面の息子から目をそらすことなく、杖をつかずに歩む。不自由な左足を引きずりながら、一歩一歩踏みしめ、息子との間合いを詰める。

さすがに息子も、父の剣呑な気配を読み取ったようで、ゆるんでいた顔がじょじょに引き締まってゆく。

「ち、父上……」

「そうか、家康は御主の手を取ったか」

言いながら歩みは止めない。目は長政だけを見つめている。

息子の前に立つと、官兵衛は不自由な足を前に投げだすようにしてしゃがんだ。家康が長政にしたように、鼻先まで顔を近づけて笑う。

「家康はどちらの手を取ったのじゃ」

優しく問うた。

「右手にござります」

息子の声にそれまでの張りがない。

「そうか、右手を取ったか」

つぶやきながら長政の右手を両手で包む。興奮しているのか、息子の掌はやけに熱かった。若く張りのある肌を、官兵衛の乾いた手が擦る。

「よくぞ儂のためにと家康は申したか」

「は、はい」

長政の喉が鳴った。

「そうか……。御主は家康のために戦うたのじゃな」

息子は答える言葉を失っている。

父の顔を凝視する長政の、膝に置いた左手に目をやった。

「長政よ」

「は」

官兵衛の視線に気づいた息子は、己が左手を恐る恐る見た。

「その手はなにをしておった」

「なにをしておったとは……」

「なにをしておったのかと問うておるっ」

突然の父の激昂に、長政が息を呑んだ。そんな息子の熱い右の掌を放り、左手を取る。そしてそのまま己が首へと持ってゆく。

「御主の膂力があれば、あの老いぼれの首の骨などいともたやすく折れたであろうが」

「内府殿を殺せと」

「御主が中津を発つ時に、そう申しつけておったではないかっ」

愚息の左手を、紅潮から一変し真っ青になった顔へと叩きつける。己の手の甲でしたたかに鼻を打った長政が、下瞼に涙を溜めた。眉間に皺を寄せて痛みに耐えながら、目だけは父を見つめ続けている。

「正則も秀秋も吉川も、なんのために転ばせたのじゃ。内府が死した後に、御主の味方にするためであろう」

「しかし」

「天下を家康にくれてやり、なにが五十万石じゃっ」

立ち上がろうとした官兵衛を、長政が止めた。己よりも大きい息子の手で肩をつかまれ、立とうにも躰(からだ)が動かない。

「離さぬかっ」

「聞いてくだされ父上」

「御主の顔など見とうはないっ。下がれっ」

「下がりませぬ」

先刻よりも頰を紅く染めた息子が言う。頰だけではなく、長政は満面を紅潮させていた。そのなかで爛々と輝く瞳だけが、毒々しい光を放っている。息子の瞳の奥底に閃く光に、官兵衛は祖父や父の殺気を見た。

「下がらぬと廃嫡いたすぞ」

「某はもう当主にござる。父上は御隠居の身にあらせられまする。黒田家の行く末は、この長政が決めまする」

「よう申した」

息子に負けぬ殺気を目に宿しながら、官兵衛は奥歯を鳴らす。

「御主が決めると申した黒田家の行く末とやらは、あの古狸に頭を垂れることか」

「左様」

「離せ」

「離しませぬ」

振り払えぬ己の非力さが嫌になる。老いだけではない。長政は偉丈夫であった。官兵衛が同じ年であったとしても負けたであろう。どれだけ官兵衛が必死になっても、平然と父の肩をつかむ息子の力にはどうやっても抗えない。

鼻から息を吸い、口からゆっくりと吐く。息子をにらんだまま、抗うのを諦めて尻を床に落ち着ける。そして、怒りの冷めた平坦な口調で問うた。

「我が祖父、そして父、それからこの儂。三代で築き上げてきたのじゃ。いまの主は一時のものと思い定め、我等は道を切り開いてきた。それはなんのためじゃ。御主も知っておろうが」

「天下……。にござりまするか」

播磨の国人の家臣から豊前十二万石まで、三代を要した。豊前の黒田官兵衛という名を知らぬ者はいない。ここまで来たのだ。そして、やっと巡ってきた好機であった。

あと一歩で……。

「父上」

官兵衛の肩に手を触れたまま、長政が穏やかに言った。

「世は変わったのです。これからは内府殿の元で天下は治まってゆきまする。才があればどこまでも上を目指せる世は終るのです」

下剋上の世は終るのか。

「太閤殿下が死に、前田殿もすでに亡く、昔の世を知る者はわずか。父上や内府殿とは違い、若き者たちは徳川の元で天下が治まることを望んでおりまする。豊臣に恩義を感じる正則や清正たちも、秀頼様を想いはすれど内府殿に刃向おうとは思うておりませぬ」

「誰も天下を望んでおらぬと申すか」

「はい」

ここまできっぱりと言われると、逆に清々しかった。

息子たちは天下を望んでいない。

官兵衛の見ている世と、長政たちが見ている世は、同じものでも姿はまったく異なっているのだ。

「長かった戦の世は終るのです父上」

息子の言葉が首筋に触れる。己の死を官兵衛は悟った。躰の死ではない。心の死である。戦の世が終るという長政の言葉は、官兵衛の心に介錯の刃を振り下ろした。

「筑前五十二万石。それが黒田家の行く末にござります」

もはやなにも言うことはなかった。

「長旅、御苦労でありましたな」

そう言ってにこやかに笑う丸顔の老人に、官兵衛は笑顔で応える。

十二月の末に上洛した。

官兵衛の入京を待っていた家康は、すぐさま彼を己が屋敷に呼んだ。

少し見ないあいだに、家康の顔は丸さに磨きがかかっていた。以前はふくよかななかにも引き締まった肉を感じさせたのだが、目の前で笑う家康からは昔の厳しさが消え失せている。

天下のなせる業かと官兵衛は一人思う。思ってすぐに、己が顔を思いやった。恐らく官兵衛の顔は、家康以上に緩んでいることだろう。

「官兵衛殿の九州での戦ぶりは、見事でござった」

「いやいや」

好々爺が二人で笑い合う様は、傍目(はため)から見てなんとも心温まるものであった。家康の心中は知らぬが、官兵衛にはもはや眼前の男の腹を探る気も裏をかくつもりもない。

心底から笑っている。

「そうじゃ」

言って家康がわざとらしく手を打った。

「其方の働きに対しての褒美がまだであったな」

「なにをなにを」

掌を顔の前でひらひらさせながら、官兵衛は笑った。

「筑前五十二万石。十分な褒美にございます」

「あれは長政殿の働きに対してのもの。官兵衛殿はまた別じゃ。望みのものを与えたいと思うが、申されてみよ」

褒美……。

なんと心の躍らぬ言葉であろうか。

笑みをたやさず官兵衛は答えた。

「もはや拙者は隠居の身にござります。長政に養うてもらい、筑前で歌でも詠みながら過ごしとうござりまする。息子には早う孫の顔を見せよと申しておるのです。孫が生まれれば、楽しみが増えまするる」

言って声をあげて笑う。と、おもむろに家康が立ち上がった。ゆっくりとした足取りで官兵衛の前まで来てしゃがんだ。

官兵衛よりもひと回りほどふっくらとした手が、右の掌を包む。

「孫よりも楽しきことがこの世にはあろうものを」

緩んだ狸の瞳の奥に、不敵な光が宿っている。

官兵衛の左手は空いていた。家康の肥った腹はすぐそこだ。衣を通して感じる懐刀の鞘の硬さが、官兵衛を焚き付ける。

息子の言葉がよみがえった。

〝長かった戦の世は終るのです父上〟

己がここで家康を刺しても、長政は動かない。そうなれば官兵衛は天下人ではなく謀反人として終る。

「儂の元で働いてみぬか」

瞳の奥の光はそのままに、家康が問う。

官兵衛はいっそう破顔する。

「拙者はただの老いぼれにござりまする」

瞳の奥から光が消え、家康が苦い笑みを返した。

「左様か。働いてはくれぬか」

「暇をいただきとうござります」

心からの言葉だった。

家康が上座に戻る。

官兵衛は深々と頭をさげて家康の元を辞した。

それから三年あまり後、官兵衛は京の地で没する。五十九歳であった。

長政が黒田家の行く末と定めた筑前五十二万石は、幾度かの危機を乗り越え幕末まで残った。下剋上を放棄した長政の選択は、黒田家を生かしたのである。

又左（またざ）の首取り

木下昌輝

畢竟――

合戦とは首をとる、これにつきる。

傾奇者の又左こと、前田〝又左衛門〟利家はそう思っていた。

初陣の今もそうだ。数えで十四歳、柄が赤く染まった朱槍を脇に抱えている。虎皮の陣羽織は、地につきそうなほど長かった。

味方は戦の支度で忙しい。といっても、弓矢や槍の手入れではない。神仏に祈るので必死なのだ。やれ、祈りの言葉は北をむくな、北は敗北に通じる、と年かさの武士が初陣と思しき武者に滔々と説いている。

気の早い者は、首実検の作法を学んでいた。

「よいか、もし名のある武者の首をとったら、首帳をつけている奉行に、まず敵の武者の姓名を言い、次に己の名前を言うのじゃ。この時、注意するのは、己の名乗りは官位名乗りにすること。つまり、田中左衛門尉(たなかさえもんのじょう)や山田河内守(やまだかわちのかみ)のように〝尉〟や〝守〟をつける。逆に、敵の名前は尉や守はつけない」

ああ、うるせえ。又左は耳の穴に指をつっこんだ。心中で言ったつもりが、言葉に出してしまったようだ。味方が険しい目を向けてきた。

「ふん、傾奇者を気取りおって」

「誰の許しを得て、朱槍を持つ」

「よいか、あの礼法知らずを見習うな。どうせ、のたれ死ぬ」

おもしれえ——又左の両頬(りょうほお)がつり上がる。

首がとれぬかどうか、あるいは無様にのたれ死ぬか否(いな)か、この合戦で試してみようじゃないか。

決意とともに槍を天に高々とかざした時、鯨波(げいは)の声がわきあがった。味方を押しのけて、前へと行く。川向こうに陣する敵からだった。

前へと行く途中に、馬上の武者の姿が見えた。織田(おだ)〝上総介(かずさのすけ)〟信長(のぶなが)だ。当年十九歳——織田弾正忠(だんじょうのちゅう)家の次代を担う後継者である。

「では、戦陣の作法に乗っ取り、エイエイオウの三唱の儀を行う」

拳を突き上げたのは、信長の傅役(もりやく)の平手政秀(ひらてまさひで)だ。それを無視して、利家は最前線に出る。

「待て、又左、まだ出るな」

平手政秀の声に反応して、その従者たちが又左にすがりつこうとした。構わずに振りはらう。視線を感じ、首をひねった。

馬上の信長だった。にやりと笑いかける。

「又左、傾けよ」

返事のかわりに、朱槍を突き上げた。そして、駆ける。背後から罵声が聞こえたが、無視した。味方の矢が追いかけるようにして、頭上を通りすぎていく。敵の矢は、ぶつかるように又左へと飛来する。朱槍を振り回し、叩き落とす。

「おのれ、まだ両軍の鯨波の声のやりとりはすんでおらんぞ。この礼法知らずめが」

敵陣から一人の武者が躍りでてきた。持っている槍をぐるぐると回し、又左に穂先を突きつける。

「ややあ、我こそは坂井大膳様が配下――」

作法通りの武者挨拶に、又左は失笑をもらす。どうやら若造に礼法を叩きこんだ上で、討ち取ろうという魂胆のようだ。

「前田又左だ。見ての通りの男だ」

敵の名乗りの途中で叫び、両手で槍を構える。己の体の一部とする。いや、己が槍の一部となった、という方が正しいかもしれない。

飛来する矢が次々と体をかすめるが、無視した。敵の武者が怒りの形相で槍を繰り出す。

穂先と穂先がぶつかり、火花が散った。たたらを踏みひるんだ敵とはちがい、又左の足に乱れはない。さらに踏み込んだ。体当たりをするように、槍を相手の体の中心へ吸い込ませる。喉や脇など鎧の隙間は狙わない。甲冑の一番厚い心臓目掛ける。

ずしりと重く硬い感触の次に、何かを突き破る手応えがあった。鎧を紙切れのように引き裂き、肉と骨を又左の朱槍が貫いていく。気づけば、敵を大地に串刺しにしていた。仰向けになった武者は、口から赤い泡を大量に噴きこぼす。

「み、見事だ。作法にのっとり、わが首を……」

血とともに、そう又左に語りかけてくる。

「しゃらくせえ」

気づけば役者のような一声を放っていた。腰の刀を抜き、大上段に構える。武者の目が大きく見開かれた。

「作法など知ったことか」

魚の頭でも落とすように、刀をたたきつけた。血がほとばしり、首が転がる。刃こぼれしてしまった刀を、ざくりと首に突き刺した。そのまま無造作に肩にかつぐ。

「前田又左、首とったりィ」

礼法知らずの男の大音声が、戦場を圧する。

＊

戦が終わったのは、それから一刻（約二時間）ほど後だった。首が刺さった刀を肩にのせ、又左はゆうゆうと歩く。その不作法な姿に非難の目差しが向けられるが、なんとも思わない。不快ではない。逆に心地よいとさえ思った。

戦場近くにある寺が、首実検の場だ。兜首をとった武者たちが列をつくっている。首板という盆のような板に首を置いていた。何人かは白粉を塗り、首の見映えをよくしようと必死だ。

「小泉備前、荒木陸奥守」

「河尻治部、米津左衛門尉」

みな、作法通りにまずは討ちとった武者の名前を述べ、次に己の名前を官位つきで名乗っていく。寺の門の前で立ち止まるのは、そういう作法だからだ。門からのぞく境内(けいだい)には、床机(しょうぎ)に座した信長がいる。退屈そうな表情で、武者たちの名乗りを聞いていた。

だろうなぁと、又左は笑う。信長も又左と同じ傾奇者だ。首実検など、退屈極まる儀式だ。隣では傅役の平手政秀が、忌々(いまいま)しそうな顔で信長を見ていた。後ろには弓持ちの衆がいて、おろおろと狼狽(ろうばい)している。本来なら、大将の信長は弓を杖にして立っていなければならない。が、信長は弓を手に取らず座したままだ。どころか、扇(おうぎ)を半開きにして自身をあおぎはじめた。

「若っ」

とうとう、平手が叱声(しっせい)をあげた。

「首実検の扇の作法をお忘れか」

首実検では、最後に扇を全開にして左手で三度あおぎ、右手に持ちかえて閉じるのが作法だ。

平手が、信長から扇を取り上げようとした時である。

「前田又左ァ」

大音声で、又左は名乗った。しんと静まりかえる。当然だ。首実検では官位名を名乗るのが作法だ。これでは、前田又左が討ちとられたという意味になる。

「き、貴様は」

顔を朱に染めた平手がこちらを向いた。首が刺さった刀を、又左は放り投げた。駆けよろうとした平手の目の前の地面に刀ごと落ちて、首がころころと転がる。

にやりと、信長が笑った。

己の頬も柔らかくなるのを自覚する。それだけで又左は十分だった。それ以上のものを、又左も信長も必要としなかった。

＊

街道の人々が、目を丸くして信長たち一行を見ていた。五百丁の鉄砲と五百本の朱槍をそろえた馬廻衆（うままわりしゅう）たちの偉容に驚いている——だけではない。人々が何よりも注視しているのは、先頭をいくふたりの男の姿であった。

ひとりは、虎と豹（ひょう）の半袴（はんばかま）に袖なしの湯帷子（ゆかたびら）を着た織田信長。その横を、前田又左がつきしたがう。装束（しょうぞく）は信長同様に傾いたものだ。狼（おおかみ）の毛皮の袴に、朱一色の小袖。袖こそはついているが、その背後には勇ましい鍾馗（しょうき）の姿が縫いつけられている。髪は女のように長くのばし、傾奇者の異装はさらに磨きがかかっていた。

「尾張(おわり)の主がうつけというのは、本当だったな」

「あの姿のままで、山城守(やましろのかみ)様とお会いするつもりか」

そんな声も聞こえてきた。じろりと睨(にら)みつけて、又左が黙らせる。

「平手様が我らの姿を見たら、腰をぬかしましょうな」

又左の言葉に、信長はにやりと笑った。腰をぬかすどころではないだろう。信長が奇異な装束で街を練り歩くのは有名だが、こたびはそれだけではない。目指すのは美濃(みの)との国境にある正徳寺(しょうとくじ)だ。そこで、まむしと恐れられる男と会見する。美濃の国主であり信長の舅(しゅうと)——斎藤(さいとう)〝山城守〟道三(どうさん)だ。

今の姿で、である。

それを止めるべき人はもういない。傅役の平手政秀は三ヵ月前に亡くなっているからだ。

ふと、信長一行が足を止めた。ひとりの侍が、往来の真ん中に立っている。裃(かみしも)を礼儀正しく身につけた姿だ。信長たちを見て、深々と一礼した。

「斎藤山城守様の使者として参りました」

男の声はどこまでも穏やかだった。

「用件は何だ」

本来なら小姓が取り次ぐべきだが、信長は意に介することなく自身でたずねた。

「失礼ながら、言上させていただきます。山城守様よりのご伝言でございます。正徳寺の前に、お会いしたいと」

又左と信長は目を見合わせる。普通に考えれば、信長を亡き者にする罠であろう。

「理由は――」

言葉すくなに信長が訊く。

「桜が、桃を偲ぶそうです。ぜひ、上総介様にご同席していただきたい、と」

「ほお」と、信長があごをなでた。

桜とは、斎藤道三のことだろう。道三は、西行の桜の歌を愛することで知られている。そして、桃とは信長の父の織田信秀のことだ。信秀が没したのは二年前の天文二十年（一五五一）三月三日――桃の節句だ。それゆえに、桃巌と諡されている。

「あのまむしが桜と称し、わが父を偲ぶだと」

道三は守護代家臣、守護代、守護を次々と下克上した男だ。だけでなく、美濃国守護を扶ける織田信秀と何度も死闘を演じた。道三の計略によって、織田家は多くの侍大将を喪った。

不倶戴天の仇敵同士だったが、東方の今川家が進出してきたことで、平手政秀の肝いりで織田家と道三は手を結んだ。そして、道三の娘を信長が娶る。以来、両家は同盟関係にある。

「いかがされます」

男の声はどこまでも穏やかだ。本当に客を招くかのような風情である。

が――

又左は、男の容姿をくまなく見た。歳は三十代の半ばか。薄い髭を上品に蓄えている。一見すれば文弱の徒にも見えるが、着衣の隙間からのぞく肌には刀傷が縦横に入っていた。

「山城守様の供は、私だけです」

ふんと、又左は鼻をならした。見え透いた挑発だ。断れば、臆病者とこきおろす気か。

「わかった。行こう。又左、供をしろ」

「応」と即答したのは、きっとそうなるだろうと予想していたからだ。背後から年かさの従者が走り寄ってきた。

「くれぐれもお気をつけください」

「道三など恐るるに足らんわ。耄碌したまむしを恐れてどうする」

信長はにべもない。

「ちがいます。恐るべきは、あの男です」

「なに」と、信長と又左は同時に発していた。

「奴は、足立六兵衛です」

低く落とした声だったが、その名前を聞いた又左の体に痺れが走る。

首取り足立——近隣にもその名を轟かす斎藤家随一の武者ではないか。

信長と又左は男に目をもどす。

男は——足立六兵衛はすでに信長らに背を向けて、道三のもとへと案内しようとしていた。

*

信長と又左は、細い並木道を足立六兵衛に誘われる。芳しい香りが鼻をついた。

「これは——」

信長と又左が目を見合わせる。木立を抜けたところに、ひとりの老夫が座っていた。毛氈を敷き、炉の茶釜で湯を沸かしている。初夏の太陽が差し込み、緑色の日傘がつくる影がいかにも涼しげだ。

「山城守様でございます。ご会見の前に、お茶でもてなしたい、と」

そう言って、足立はゆっくりと歩いていく。老夫こと斎藤道三は頭を丸めており、裃をつけた正装姿だった。

この男が、山城道三か。

又左は知らずしらずのうちに、生唾を呑み込んでいた。

「婿殿、驚かせてしまったかな。会見となれば、互いに織田と斎藤の旗を背負う。婿と舅として会うには、こうするしかないと愚考した」

道三が目を細めて言う。その所作には、姦雄の匂いは感じられない。信長は慎重すぎる動きで、毛氈へと足を踏みいれた。

「婿殿、茶道の心得は」

「興味がありませんな」

信長の返答は素っ気ない。

又左は毛氈の手前で、足立六兵衛とともに控えた。手は腰の刀にやり、親指を鍔に触れさせる。いつでも抜刀できる姿勢で、道三と足立を同時に視界にいれた。

「そうか。ならば、作法は不要だ。楽にされよ」

「もとより」

信長は、片膝を立てて座った。膝の上に腕をおき、前屈みの姿勢をとる。そして、道三を睨みつけた。

が、道三の所作に動揺はない。茶杓を持ち、静かに茶を点てる。そういえば、道三が熱田の大工・岡部又右衛門（後に安土城の普請を手がける）を呼び、桜の築山を配した草庵を建てたと聞いたことがある。まむしと恐れられる奸雄が茶を嗜むなど、悪い冗談かと思っていたが、道三の所作を見る限り噂はまことだったようだ。

茶を満たした碗が、信長の前へと運ばれてきた。

「婿殿、毒味は」

「不要」と、信長は言い捨てる。

片手で無造作に碗をつかみ、口元へ持っていく。一気に喉へと流しこんだ。もう一方の手でぐいと口をぬぐう。

「いかがかな」

あくまでも穏やかな声で、道三が問う。

「……悪くはない」

眼光を強めて、信長は答える。

「もっと、美味い茶の喫し方があるのは、ご存知か」

「ふん、作法にのっとれと言われるつもりか」

信長は侮蔑の色を隠そうともしなかった。

「己は、父の位牌に灰を投げた男だ」

父の信秀が死んだ時、葬儀において信長は今のような袖なし湯帷子の異装で現れた。そして、父の位牌に抹香を投げつけた。信長は、作法や礼法とはもっとも縁遠い男だ。

「だが、平手殿が諫死した時、婿殿はその棺を担いだそうだな」

信長の行状を諫めるために平手政秀は切腹した。その棺を担いで哀悼の意を表したのが、信長だ。

「といっても、棺はこのなりで担いだがな」

袖なしの湯帷子を誇示するように、信長は言う。

道三は静かにこうべをめぐらした。視線の先を追うと、道祖神ほどの大きさの石が置かれている。鑿で穿ったような傷があった。よく見れば、茶室の床の間ともいうべき位置にある。道三が、何かの意図をもって傷のある石を置いたのだと、又左でも理解できた。

「あれは、加納口(かのうぐち)の戦いの時の石だ」

九年前の天文十三（一五四四）年、織田信秀は大軍を率いて道三のいる美濃へと攻めいった。道三のこもる稲葉山(いなばやま)城を囲み、城下の街を散々に焼いた。

誰もが織田軍の圧勝かと思った時だ。戦果に満足した信秀が退却を開始し、木曾川(きそがわ)を半ばまで渡った。この機を道三は見逃さない。稲葉山城を出て、信秀の軍に襲いかかった。渡河途中の織田軍は大混乱に陥り、名のある織田の侍大将が多く討死にした。

「婿殿、石に傷が見えるであろう。あれは、お主の父の桃巌殿によってつけられたものだ。稲葉山にこもっている時に、曲輪(くるわ)にいるわしを桃巌殿が鉄砲で狙った」

なぜか顔に微笑(ほほえ)みを浮かべて、道三は言う。

「桃巌殿の弾丸はわしをあやまたず狙っていたが、幸いにもわしは曲輪の石垣の陰にいた。弾丸は、石垣の石を削るだけにとどまった。それが、あの石だ」

「父が撃ったという証(あかし)は」

信長の短い問いかけに、道三は袖のなかからひとつまみのものを取り出した。銀がまぶされた弾丸だ。すこしひしゃげている。

銀は魔物を払うと信じられており、信秀は験(げん)担ぎで銀をまぶした弾丸を使用していた。又左の目からも、石の傷と弾丸の大きさはぴたりと合うのがわかる。

「桃巌殿とは、敵同士だった。言葉を交わすこともなかった。が、友垣のような情を感じていた。信じてもらえぬかもしれぬがな」

懐かしむような道三の声だった。

「桃巌殿が逝去(せいきょ)された時、わしはあの石を石垣から取り外した」

つまり、信秀の分身ということか。

「また、戦を通じて語りあいたい。全身全霊でもって、雌雄(しゆう)を決したい。が、それももう叶わぬ」

道三は坊主頭をつるりとなでた。

「もう一服だけ茶を点てる。わしにとっては、あの石は桃巌殿の分身も同然。心して喫されよ」

道三は再び茶を点てはじめた。

信長の前に静かに置かれる。

信長がちらりと石を見た。

立てていた片膝が沈む。あぐらの姿勢ではあったが、ゆっくりと茶碗に手をのばす。いつのまにか、信長の背は弓弦のようにぴんと伸びていた。

ぎこちないが右手で茶碗を取り、左手をそえて口元に持っていく。

信長の表情は、茶碗に隠れて又左からは窺いしれなかった。

碗を毛氈の上に置く。

信長は静かに「美味い」と言葉を零した。

*

「おもしろくねぇ」

清洲城の矢倉の柱に体をあずけて、又左はそうつぶやいた。風がはためいて、獣皮の袴がゆれる。長い髪が顔をさすった。

「おもしろくねぇ」と、また又左はつぶやいた。天文二十二年に道三と信長が正徳寺で会見してから、六年がたっている。あの日を境に——いや木立を抜けた野点の茶会での道三との出会いから——、信長は変わってしまった。

正徳寺に入るなり信長は茶筅の髷を解き、傾奇者の服装を脱ぎさった。そして月代を剃り新たに髷を結い、裃に着替えて道三との会見に臨んだ。

あれ以来、信長は変わってしまった。

傾奇者の装束とは縁を切ったのだ。

身辺に侍(はべ)らせる人間にも変化があった。以前は、又左のような荒小姓たちが幅をきかせていたが、今は茶の湯や歌道、礼法に長(た)けた者たちが信長の周りを固めつつある。

矢倉から身を引きはがし、又左は歩む。何人かの朋輩(ほうばい)とすれ違った。

「おい」と声をかけたのは、ひとりが顔を腫(は)らしていたからだ。大きなみみず腫れができている。鞭(むち)で打擲(ちょうちゃく)された痕(あと)だ。

「どうしたんだ」

「いや、それが……」

朋輩は傷を隠すようにして言いよどむ。

「喧嘩(けんか)か。なら、相手を半殺しにしたんだろうな」

朋輩が唇を噛み、うつむいた。その様子から、尋常な相手ではないとわかった。

「誰にやられた」と、殺気をこめて問う。

「じゅ、拾阿弥(じゅうあみ)殿に」

礼法に長じた男として、信長が最近重用している同朋衆(どうぼうしゅう)だ。

「理由は」

喧嘩で、拾阿弥ごときに遅れをとるはずがない。信長からの寵愛(ちょうあい)をいいことに、拾阿弥が一方的に朋輩をなぶったのだ。怒りが、又左の毛を逆立たせる。

「拾阿弥殿が……」

「殿はいらねえ。拾阿弥で十分だ。奴がどうしたんだ」

ごくりと、朋輩は生唾を呑みこんだ。

「私の笄(こうがい)を盗んだのです。私の死んだ母が、形見としてくれたものです。取り返そうと説得に行ったところ、鞭で……」

それだけ聞ければ十分だった。きびすを返し、大股で歩いていく。

曲輪の一角に人が集まっていた。中心にいるのは、僧形(そうぎょう)の太った男——拾阿弥だ。

「おお、これは又左衛門殿ではないか」

拾阿弥が朗らかな笑みをむける。どうやら、武者たちに礼法を教えていたようだ。

「よいところに来られた。今から切腹における、介錯(かいしゃく)の作法をご教示するところじゃ。ぜひ、聞いておかれよ」

なりに似合わぬ太刀を、拾阿弥が誇らしげに頭上にかかげる。鞘(さや)の鍔元(つばもと)を見ると、朱色の笄がきらりと陽光を反射した。木ではなく鉄でできており、先が尖っていた。

見覚えがある。先ほどの朋輩のものだ。

「ほお、ただ首を刎ねるだけの介錯に、作法もくそもありますまい」

怒りを必死に抑えて、又左は言う。

「ははは、それは田舎武士の考えですぞ。それがしは、はばかりながら京八流のすべての介錯と切腹の作法を身につけておりまする」

ふんと又左は鼻で笑った。

拾阿弥の顔色が変わる。

「で、では、又左殿、ここで介錯の作法を再現してみなされ」

先ほどとちがい、とげのある声で拾阿弥がつづける。

「その後に、それがしが手本を見せましょう。そして、どちらの介錯の方がより洗練されているか、ここにいる皆様にご判断を乞おうではないか。そうすれば、いかに貴殿の介錯が田舎作法かがわかろうというもの」

「おもしれぇ」と、又左はあごをなでた。

「本当に、おれがやってみせていいのかい」

「もちろんですとも。それとも、それがしの介錯を見てからにされるか。そうすれば、それがしの真似もできよう。かく恥は、小さくてすみますぞ」

「いや、結構だ。おれからやらせてもらうぜ」

「では、どうぞ。ここに今まさに切腹しようとしている御仁がいるとして、どう介錯される」

拾阿弥が手で又左の前をさす。

「まずは、こうやるんだよ」

叫ぶや否や、又左は拾阿弥の膝裏に蹴り(け)を見舞う。たまらず、拾阿弥は両膝をついた。

「な、何をされる」

返答のかわりに、振りあげた刀を一気に落とした。拾阿弥の坊主頭が、胴体から切り離される。血を噴きこぼす体を蹴飛ばした。目を、逃げるように転がる拾阿弥の首へとやる。

右足で首を踏みつけた。躊躇(ちゅうちょ)なく体重をのせる。

「拾阿弥、これがおれの介錯の作法だ」

無論、拾阿弥の首からは返答はない。

「作法ちがいがあるなら、今すぐに教えてくれ。耳の穴をかっぽじって、聞いてやるぜ」

又左は、さらに右足に力をこめた。ごきり、と拾阿弥の頭蓋が砕ける音が響く。

*

朱槍を肩にかつぎ、又左は小高い丘の上から戦場を見下ろしていた。伊勢湾に面する今川方の鳴海城や大高城があり、それを織田の丹下砦や善照寺砦が囲っている。すこし離れたところには丘陵が広がり、四万近い今川家の大軍が陣をはっていた。

今川義元が尾張にある鳴海城大高城救援のために大軍を発したのが、十日ほど前だ。鳴海城からおよそ一里半（約六キロメートル）離れた沓掛城に入ったのが、二日前のこと。そして、今日の未明、鳴海大高を囲む織田の八つの砦のうちふたつを、またたく間に陥落させた。

ぺろりと、又左は乾いた唇をなめる。こうべを巡らせると、砂煙が帯を広げるように舞っていた。清洲の方角から熱田神宮へとつづいている。織田信長が出撃したのだ。

「待ちかねたぜ」

自身の声に殺気が過剰にしたたっていることに、又左は満足した。

戦場に臨もうとする又左に、従者はいない。一年前に拾阿弥を斬り殺し、織田家を出奔したからだ。

が、なにひとつ悲観していない。

織田家に帰参するのは、たやすいことだ。戦場で敵の首をあげる。そうすれば、誰も又左の帰参に異を唱えることはできない。

二千ほどの軍勢が疾駆する姿が見えてきた。大将の顔を確かめるまでもない。俊敏な武者たちの動きを見ればわかる。織田信長が率いているのだ。

どうやら丹下砦に入り、次に善照寺砦に移った後、今川義元の本隊を急襲しようと目論んでいるようだ。苛烈な信長らしい考えである。傾奇者の異装は捨てても、その中身までは変わっていないようだ。

又左は朱槍をかついで、大地を蹴った。落ちるようにして、丘を駆け下りていく。

「待ってろよ」

そう言ったのは敵に対してか、それとも味方に対してか。わからぬまま、又左は駆けに駆けた。

待ち受けるようにしていたのは、織田軍の三百の先鋒だった。采配する将は、千秋四郎と佐々隼人正。

「元織田家家臣、前田又左だ。陣借りを所望する」

怒鳴(どな)りつつ、三百の兵のなかへと分けいっていく。半数は歓迎の声をあげたが、残りの半数は非難まじりの目差しをぶつけてきた。

「又左、殿の勘気(かんき)はまだ解けておらぬだろう。控えろ」

怒鳴りつけたのは、佐々隼人正だ。目を血走らせ、今にも太刀を抜きかねない勢いだ。拾阿弥が朋輩の笄を盗んだ一件で、佐々一族は拾阿弥を弁護していた。そういうこともあり、拾阿弥を斬り殺した又左を仇(かたき)のような目で見ている。

「控えろ、だと。おれを飼い犬か何かと勘違いしちゃいないか」

挑発のために、又左はあえて笑みを浮かべた。佐々のこめかみに、血管が浮く。

「確かにおれの幼名は犬千代(いぬちよ)だ。が、あんたに飼われた覚えはねえ。どかせたければ、太刀をもってやってみるがいいさ」

又左は、無造作に佐々の間合いにまで近づく。緊張が、一気に三百の兵のあいだに満ちる。

「礼法知らずの青二才(あおにさい)が。後悔するなよ」

とうとう、佐々は腰を落とし、刀の柄を握る。ギラリと刀身の一部が鞘からのぞいた時だ。

「両名、待たれよ」

大きくはないが、その声は確かに又左と佐々の体を縛めた。ゆっくりと歩む鎧武者がいる。

又左の顔がゆがんだ。

「どうして、貴様がここにいる」

佐々を無視するように、又左はその男に身を正対させた。薄い髭を蓄えた武者だ。忘れるはずがない。足立六兵衛——美濃斎藤家にあって、首取り足立の名で知られる豪傑だ。

四年前の弘治二年（一五五六）に、美濃では道三とその子義龍のあいだで親子相克の戦いが勃発した。道三は敗れ首をとられた。道三についた足立六兵衛は、牢人し東海各地を流浪していると聞いたが——。

「足立、まさか、織田家に仕官したのか」

「そうではない。お主と立場は同じだ。渡りの武者として、陣屋を借りた」

「だとしたら物好きだな。今川でなく織田につくのか」

「婿と舅だった、上総介殿と道三公との縁もある。何より、強き方についても武者としての名を上げることはできぬ」

織田家を弱いと言った足立六兵衛の口だが、強敵を倒さんとする姿勢には反発以上の共感を覚えた。そんな又左の心境を察したのか、足立六兵衛は佐々隼人正に向きなおる。

「この若者を、わが従者ということで帯同を認めていただきたい」

佐々は半面を歪めたが、豪傑で知られる足立の提案を蹴るのは得策ではないと判断したようだ。「好きにされよ」、と言い捨てる。

「だが、こ奴は主君の寵臣を切り捨てた罪業持ちであるぞ。それだけは、よくよく心に留め置かれよ」

足立にというより、三百の兵に聞かせるかのような口調だった。

＊

味方の兵たちが、あちこちで勝ち鬨をあげている。血のついた槍や刀を誇らしげに突きあげていた。足下に伏すのは、首を喪った今川軍の将兵たちだ。

桶狭間山での今川家との戦いは、奇跡的に織田軍が勝利した。当初は劣勢だった。先陣をきった佐々隼人正、千秋四郎ら三百の軍勢は、今川軍によって完膚なきまでに蹴散らされた。結果、佐々と千秋の二将が討ちとられる。

又左と足立六兵衛も、敵の武者の首こそとりはしたが、撤退を余儀なくされた。

そこで運良く、信長本隊の二千と合流する。信長は馬を進めて、今川軍へと迫った。この時、天佑が舞いおりた。大風と雹、雷雨だ。風は丘陵上の今川の陣をなぎ倒し、雹は今川の武者たちの顔を襲う。雷雨はさらに敵を混乱させた。たまらず退却する今川義元に襲いかかり、その首をとることができた。

首をとった味方の武者はすぐにわかった。みな、首化粧に専念していたからだ。川の水で首を洗い、汚れを落とす。だけでなく、白粉を塗り、頬に紅をさし、歯に鉄漿を塗る。首実検で、自分の取った首の見栄えをよくしようと必死だ。首のなりが見すぼらしいと、手柄が下がると信じている。

そんな味方のあいだをぬって、又左は歩いた。両肩には、首級が三つ。無造作に髪をつかみ、右手にふたつ左手にひとつの首を肩にかけるようにして歩いている。

「方々よ」

味方の侍大将のひとりが高らかに叫んだ。

「奮戦ご苦労である。まずは休まれよ。本日は首対面のみを行い、首実検と首見知るは、明日清洲の城にて催す。殿が酒肴を用意してくれたゆえ、今夜は存分に楽しむがよかろう」

どっと味方の武者たちが沸いた。

本日行う首対面とは首実検の一種で、その最上のものだ。今川義元などの一国の大将を討ちとった時に行われる。通常の首実検よりも煩雑な作法が必要とされる。首実検とは本来、家老や侍大将などの高位の首を検めることを言う。が、一国の大将の首をそうそう討ちとる機会もないため、多くは首実検の一言で済ませているのだ。

ちなみに首見知るとは、名もなき葉武者の首を検めることで、煩雑な作法はなく奉行が総大将の代行を務めることがほとんどだ。

「おい、又左、首を洗わぬのか。三つもあるなら大変だろう。百文でひとつ請け負ってやるぞ」

声をかけるかつての朋輩を無視して進む。やがて陣幕を張り巡らせた、信長の本陣が見えてきた。幕をあげ、そのすぐ奥には弓を杖にして立つ信長がいる。武者がふたり、首台という首対面用の脚のついた台の上に首を置き、それをかついでいる。今川義元の首である。かつぐひとりは、首をとった毛利新介だ。今から、首対面がはじまる。

首台ごと首を地面において、毛利新介は盃を受けとった。奉行のひとりがわざわざ二回にわけて酒を注ぐ。それを新介は、義元の首の口元に持っていき盃を傾ける。首に酒を呑ませているのだ。

馬鹿馬鹿しい、と又左は吐き捨てた。

まるで、ままごとだ。

「又左、控えろ。今は首対面の最中だということがわからぬのか」

奉行のひとりが怒鳴りつけるが、構わずに歩みを進める。自分の手柄が、毛利新介より劣るとは微塵も思っていない。

新介は服部兄弟と三人がかりで義元の首をとった。一方の又左はちがう。佐々が討ちとられた前哨戦の退却途中に、大勢の今川武者を相手にしつつ首をふたつとった。さらに信長本隊と合流してから、まだ今川陣が崩れていない序盤に強力の侍大将の首をとる。

勝ちが決まり逃げる義元を討った新介よりも、何倍も難しい仕事をこなしたという自負がある。

「前田又左、とった首をご報告いたす。まず、こちらは奸物拾阿弥成敗のお詫びの首」

高らかに叫んで、左肩の首をひとつ転がした。

「こちらは、出奔に対するお詫びの首。最後に、これは帰参の手土産の首」

右肩にのせた首ふたつを次々と投げる。ひとつは、義元の首に偶然にも当たった。ごろりと、首台の上から転げ落ちる。

作法通り弓杖で立っていた信長が従者を見る。手を差し出させ、弓をあずけた。信長が又左に近づいてくる。小声でも届く間合いになった時だった。

信長が何かを振り上げた。

「うっ――」

衝撃が走った。又左の額が、かっと熱くなる。

思わず、たたらを踏んだ。

見ると、信長は手に鞭を握っている。生暖かいものが、眉間から鼻の横を通りぬけた。きっと血だ。己が、信長に打擲されたと悟る。

「うつけが。貴様は織田家の陣に入る資格はない。今すぐ、どこへなりとも失せるがいい」

＊

清洲の城からのびた街道には、大きな塚が盛り土されていた。その上には、人の背丈の二倍ほどはあろうかという卒塔婆が立てられている。

坊主たちが数十人も集まり、経を上げている。又左は、その様子を離れたところから見ていた。目の前にある卒塔婆と塚は、義元を弔うために信長が建立したものだ。

熱心な読経が、とめどなく流れてくる。

又左のうなじの皮膚がこわばった。右手でさすりつつ、密かに左手で腰の刀の鯉口を切る。

「又左よ」

声をかけられて、相当近くまで詰め寄られていたことを悟る。油断なく、ゆっくりと振り向いた。足立六兵衛が立っている。想像していたより、ずっと近かった。この間合いになるまで、気配を感じなかったとは。又左は口の内側を嚙む。

「なにか用か」

かすかに重心を低くし、かかとも浮かして又左は問う。

見ると、足立六兵衛の手には美しい鞘袋に包まれた脇差し（わきざし）が握られている。

「今は弔いの場だ。お主の発する気は、それにふさわしくない」

「それを言いにきたのか」

足立は首を横にふった。

「美濃へ戻る。一緒に来るか」

「なんだと」

足立を睨みつけた。

「それは、どういう了見だ」

「首が欲しくないか」

「首だと」

「そうだ。わしの首だ」

背を曲げるような極端な前傾の構えを、又左はつくる。刀の柄に手をやり、強く握った。

「わしの首があれば、織田家への帰参が叶うやもしれんぞ」

「ふざけるな。おれでは勝てないとでも言うつもりか」

足首の腱が極限まで伸びた。何かのきっかけがあれば跳び、斬頭の太刀を浴びせることができる。

「それに——」と、又左は詰めよりつつ言う。

「なぜ、貴様の首で帰参できる。いかに首取り足立の名が知れてるとはいえ、今は貴様も渡りの武者だ。その程度の首で帰参できるほど、織田家は安くない」

逆に足立の首を手土産に帰参を願えば、笑い物になるだろう。

足立は、鞘袋に包まれた脇差しを前へ突きだした。

「これは、義元左文字だ」

又左のまぶたが見開かれる。

討ちとられた今川義元の佩刀。古今ふたつとない、名刀として有名だ。首とともに、戦利品として信長の元に届けられた。信長は、それを脇差しの長さに設え直したとは風の噂で聞いていたが——。

「陣借りの褒美の銭はもらったが、少々すくなかったのでな。働きに見合うものということで」

「盗んだのか」

言葉をかぶせると、にやりと足立は芝居がかった笑みを浮かべた。

「義元左文字もわしほどの遣い手にもらわれたのだから、きっと喜んでおろう」

いよいよ、又左は殺気を極限まで昂ぶらせる。

「左文字とわしの首があれば、お主でも帰参が叶うのではないかな」

「そのために、美濃までついて来い、と。馬鹿馬鹿しい、今ここで――」

不覚にも、又左の声がしぼんだ。

今、ここで足立六兵衛と立ち合う。

己の歯ぎしりが聞こえた。左手で握る鞘も悲鳴をあげる。

勝てる気がしなかった。

「そういうことだ。今ここでやっても、お主は勝てぬ。欲しければついてこい。道中を襲うもよし、美濃にある我が庵で襲うもよし。もちろん、諦めて帰るもよし、だ」

くるりと、足立はきびすを返した。舌打ちとともに、又左は柄にやっていた右手を戻す。びっしょりと汗をかいていた。

歩む足立のあとを、又左はゆっくりと、しかし確かな足取りでついていく。

＊

又左の口の中は、血に満ちていた。

「くそったれが」

うめくと血が気道につまる。甘かった。足立六兵衛についていき、こちらが機をうかがい襲えると思っていた。が、実際はちがう。美濃への道中、突然足立の方から襲ってきたのだ。得物は棒だった。一方の又左は朱槍。しかし、歯が立たなかった。槍を奪われ、あとはめった打ちにされた。手負いの体で必死についていくと、また何日かすると襲ってくる。

美濃の山中にある庵に、足立は腰を落ちつけたが、やはり襲いかかる隙はない。逆に襲撃されぬように、気を張る日々がつづいた。どころか、今も足立の草庵の前でこっぴどく痛めつけられた。

考えれば当たり前だ。この乱世で寝込みを襲われるとわかっていて、身辺に刺客を放っておくわけがない。

又左は、血の味のする咳を何度もこぼす。手をついて立ち上がろうとするが無理だった。意識が遠のきそうだ。歯を食いしばって耐える。

「もし、大丈夫か」

声がして、腫れたまぶたを無理矢理に開けた。十代後半の青年が旅装姿で立っている。真っ白な手ぬぐいで、又左の顔や首の血をぬぐってくれていた。知らない顔だ。

「誰にやられたのだ。まさか、足立六兵衛殿か」

どうして、青年がその名を知っているのか。いや、こんな山中の庵にくるということは、足立に用があるとしか考えられない。

「誰にだっていいだろう。そういうあんたは何用だ」

「足立六兵衛殿に用がある」

「だろうな。で、どんな用件だ」

しばしの沈黙の後に「仇討ちだ」と青年は静かに答えた。

「父が五年前に、足立殿に討たれた」

五年前ということは、斎藤道三と子の義龍が相争った時だ。

「あんたは、斎藤家の侍か」

青年はこくりとうなずく。

「足立殿は、どこにおられる」

「さあな、待ってりゃくるだろうさ」

やがて草をかきわける音がして、又左の言葉通りに足立が現れた。山菜でも取っていたのか、笊(ざる)を小脇に抱えている。青年の姿を見て、目をわずかに見開いた。

「足立殿だな」

「いかにも」

「私は――」

腕をあげて、足立が言葉を制した。

「もしや、長坂図書殿の一族か」

今度は、青年が驚く番だった。

「長坂図書が一子、長坂八郎と申す。仇討ちにまいった」

「そうか。長坂殿によく似ているな」

「父のことを、覚えておられるのか」

青年はつとめて冷静をよそおい訊ねた。

「首をとった武者の顔と名は決して忘れない。それが人としての礼儀だ」

しばし、ふたり静かに見つめあう。戦いあう雰囲気には、とても思えなかった。

長坂八郎は懐から書を一通取り出し、地において石で重しにした。

「それは何かね」

「果たし合いが終われば、読んでいただきたい」

その声は静かで、かつ澄んでいた。

こやつは最初から足立に勝てるとは思っていない。そう、又左は悟った。

長坂は、大上段に刀を構える。

勝負は見えていた。実力がちがいすぎる。

裂帛（れっぱく）の気合いとともに長坂が打ちかかるが、足立は難なく右に飛ぶ。着地するより早く、足立の刀がうなった。

凄まじい斬撃だった。まるで、雷だ。

又左にできたことは、残光を追うだけである。

気づけば、長坂の首が胴体から斬り離されていた。

又左の総身が震えだす。

「足立ィ」

怒りに任せて、立ち上がる。もう痛みは感じない。いや、本能が感じとることを完全に忘れさせていた。

足立は、討ちとった首を両手で包むようにして持つところだった。

「どうしたのだ」

問い返されたが、又左は答えられない。あまりの怒りのため、あごが震えている。舌もしびれていた。

又左は許せなかった。長坂八郎を討ったことがではない。長坂に、足立が全力で立ち合ったことがだ。

先ほどのやりとりをみて、悟った。足立は、又左に対して今まで一瞬たりとも本気をだしていない。少なくとも、今の長坂への斬頭の一太刀の半分ほどの本気しかだしていない。

屈辱が視界を大きく歪めた。

「どうして、おれと本気で立ち合わない」

「お主には、全力で立ち合う資格はない」

「ふざけるな。では、なぜ、こやつには本気をだした」

首を喪った長坂の体に指を突きつけた。長坂の力量は、足立はおろか又左にも遠く及ばない。

「ひとつ聞くが、お前は野良犬に本気をだすのか」

野良犬とよばれて、又左の肚(はら)が怒りに焼かれる。足立に襲いかかろうとして、足がふらつき前のめりに倒れた。忘れていた痛みが蘇(よみがえ)り、うめき声が口から漏れる。かろうじて手を伸ばして、四つん這(ば)いになった。そのあいだに、足立は長坂の置いた文を手にとる。目を書状に走らせて、長い嘆息を吐きだした。

「又左、ついてこい」

　足立は歩いていく。

「ま、待て」

　ふるえる足を叱咤し、必死の思いでついていく。滝つぼの横にある洞窟に、足立は入っていく。又左がやっと追いつくのと、足立が火打石で蠟燭に火をつけるのは同時だった。ぼうと洞内が明るくなる。

　又左は息を呑んだ。壁一面に、数多の仏が刻まれている。

「なんだ、これは」

「わしが彫った。今まで戦い首をとった者たちの供養のためにな」

　ごくりと又左は唾を呑んだ。足立は石仏の横に置いてあった鑿をとり、金槌を打ちつける。しばらくすると、粗くではあるが一体の仏ができあがった。顔貌が、先ほど死んだ青年によく似ている。

「少し待っておれ」

　足立は長坂の首を板の上に置いた。そして茶器でも扱うかのように、両手で捧げもつ。あれは――首実検の作法だ。石仏たちを君主とみたてているのか。弓を杖にする総大将の姿が洞窟の暗がりに浮かぶかのような錯覚があり、あわてて又左は首を横にふった。

「さて」と、首実検を終えた足立はこちらに目をやる。

「今のは何だ」

「弔いだ」

「首実検がか」

「そうだ。長坂八郎はまことの武者だ。戦場に在るかのように弔うのが筋だろう。それよりも――」

ひとつ息を吐いて、足立はつづける。

「お前をここに置いておくのは、今日までだ。残念だが、上総介殿との約束は守れなかった」

どういうことだ。足立は、信長と何かの約定を交わしているのか。

石仏たちの中央に、三方が置かれていることに気づいた。その上に、鞘袋に包まれた脇差しがある。あれは、義元左文字ではないか。足立が手に取り、又左へと渡す。封を解き、脇差しをあらわにした。鞘から抜いてみて、驚いた。あまりにも輝きが鈍い。これは義元左文字ではない。雑兵が持つ、無銘の脇差しだ。

「義元左文字の名を出せば、お主がついてくると思ってな」

「なぜ、おれを騙した」

「お主の目を開かせるためだ」

「意味がわかるように言え」

脇差しのきっさきを突きつけた。満身創痍の今、敵うわけはないが、刃に殺気をこめる。

「上総介殿は、目を開かれた。正徳寺の会見の前、道三公との茶席でだ」

確かに信長はその後、すぐ傾奇者の異装をやめた。目を開くとは、礼法を身につけるということか。馬鹿馬鹿しい。それは又左にとって、牙を抜くに等しい行為だ。

「道三公は常々言っておられた。今の己があるのは、桃巌殿のおかげだとな」

足立は言う。互いに敵として鎬を削りあったからこそ、成長できたのだと。きっと、それは信秀もしかりであろう。

「確かに今は乱世だ。手を汚さずに——殺生にかかわらずに暮らすのは難しい。しかし、だからといってただ殺し合うだけでは、我らは獣にも劣る」

「だから、お互いに高めあわねばならぬというのか。大層な御託だな」

「礼節と敬意を欠いて、どうやって互いに高めあうのだ。道三公は常々そう言っていた。そして、それを伝えるために正徳寺の会見の前に、茶席を設けた。幸いにも、上総介殿は言葉を交わさずともわかってくれた」

なぜか、手に持つ脇差しがずしりと重く感じられた。

「ふん、学問の師匠でも気取るつもりか」

「では聞くが、道三公とお会いする前の、傾奇者の上総介殿だったら、桶狭間で今川義元公を討てたかな」

又左は何も言いかえせない。

「桶狭間のあと、上総介殿に頼まれた。お前の目を覚まさせて欲しい、とな。このままでは、又左は生きながら畜生道を歩まねばならぬと心配されていた。まあ、頼まれたが、わしには過ぎた仕事だった。道三公とちがい、わしは機転がきかぬ。お主は、獣のままだ」

皮肉げな笑みを、足立は顔に浮かべた。かすかに、疲れの色も見える。いや、諦念だろうか。

「何より情勢が許さぬのだ。この書状は、八郎殿のものではない。左京大夫様（斎藤義龍）のものだ。八郎殿は使いとして、もってきてくれたのだ」

足立は袖から文を取り出す。

「左京大夫様は、死病だそうだ。先は長くない、と書いてある。半年ももたぬであろう、とな。その上で、わしに斎藤家に戻ってきて欲しい、とある。左京大夫様が没すれば、織田家は間違いなく美濃に攻めてこよう」

今川義元を討ち東方の脅威がなくなった今、信長が義龍死去の好機を逃すとは思えない。

「道三公との縁で、桶狭間では上総介殿に助力した。が、織田家と斎藤家が鉾盾となれば、話は別だ」

そこで言葉を切り、足立は合掌して小さく念仏を唱えた。

「何より、命を賭してこの書状を持ってきた長坂八郎殿の思いに応えねばならない。わしは、故郷の美濃を守るために戦う」

*

梅雨時の大粒の雨が、美濃の国を湿らせていた。鈍色の帳が下りるかのようだ。その下には、木曾川と飛驒川のふたつの大河が寝そべっている。雨を食んで水量を増加させる様は、よく肥えた二匹の大蛇を連想させた。

尾張からの何十隻もの船団が、その川を遡上している。甲板には永楽銭をかたどった旗差物や長槍がひしめいていた。

二日前に、斎藤義龍が死んだ。手ぐすねひいていた信長は、すぐさま陣触れを発する。わずか二日で、大軍を美濃の国へと送りこんだ。予期していたとはいえ、恐ろしい速さという他ない。

礼とは何なのか。敵を敬うというのは、どういう心持ちなのか。川岸で雨にうたれる又左には、いまだにわからない。他国の領主の死につけこむ信長に、礼や敬はあるのか。悪辣な手段を駆使せねばならぬからこそ、礼と敬を最後まで持っていなければいけないのか。

織田の船団が岸につき、続々と兵たちが降りてくる。

雨の中を駆け、又左は近寄る。

長槍をもつ人垣が、又左の前に立ちはだかった。

「何者だ」

「前田又左ァ」

大きな声で名乗ると、人垣が割れた。奥から現れたのは、織田信長だ。

立ち止まり、息を整える。

又左は、女のように長い髪を後ろで束ねていた。黒鉄の甲冑の上には、虎皮の陣羽織で身を包んでいる。その羽織は地につかんかというほどに長い。完全なる傾奇者の装束である。

又左は鞘のついた脇差しを、信長へとつきつけた。義元左文字と足立六兵衛が偽った無銘の刀だ。又左の側からは見えないが、信長の目には朱色の鉄製の笄が鞘に取りつけられているのがわかるはずだ。

拾阿弥を討つ原因となった、笄だ。もし又左が織田家に帰参するに足る男になっていたら、信長は笄を又左に返すように足立に言い添えていた。それをもって織田家帰参の許しの手形とする、という手はずだった。

「又左よ、目が覚めたか」

信長の問いに、又左は首を横にふった。

又左は、餞別として足立から脇差しごと笄をもらった。織田家と斎藤家が鉾盾となることたびの事態がなければ、決して返してもらえなかったはずだ。

「未熟者なれば、開眼はあたわず」

「では、なぜここにいる」

又左は間をとった。

丹田に力をこめて口を開く。

「足立六兵衛と戦うため」

どよめきが、兵たちのあいだから沸きあがる。

「ゆえに、上総介様に陣借りを所望する」

「陣は借さぬ」

やはり、信長の返答はにべもない。

「だが、ついてきたければ勝手にしろ。戦いたければ、斎藤家とでも足立六兵衛とでも好きに戦うがいい」

荒々しく、又左は低頭した。

織田の軍兵たちは、すべて川岸に降りたっている。

信長は、馬上の人になった。

「今より、美濃を攻める」

信長の下知（げじ）が、曇天（どんてん）に轟いた。

「左京大夫が死んだ今、この好機を逃す手はない。尾張織田家の強さを、満天下に知らしめろ」

織田の軍兵たちが怒号で応じ、沸きたつように、川面（かわも）がゆれる。

＊

土砂降りの雨のなか、織田家と斎藤家の軍勢がもみあっている。水煙が立ちこめ、みな胸まで泥にまみれていた。

　一進一退ではなかった。

　織田の兵が、次々と斎藤家の武者たちを討ちとっていく。

「日比野下野、恒河久蔵が首を頂戴した」

「長井甲斐は、服部平左衛門が仕留めたぞ」

「神戸将監、河村久五郎が討ちとったり」

　同時にあがった三声に、わっと織田軍が活気づく。みな名のある侍大将で、なかでも日比野下野、長井甲斐の二将は、軍勢を率いる主将だ。

　勢いづく織田軍。

　みな槍を水平に構え、雨で煙る敵陣へと躊躇なく突っこんでいく。

　突然だった。

　棚からこぼれるように、織田軍の武者の首が落ちる。それもひとつではない。数人の織田兵が一度に首を失い、三つほど数えてから気づいたように倒れていく。

線をひく雨をかきわけて、ひとりの武者が姿をあらわした。目庇（まびさし）の下の顔は仏僧のように穏やかで、薄い髭を蓄えている。

足立六兵衛だ。

「許せ」と、足立が発する。目を倒れた骸（むくろ）にやっていた。

「敗戦のしんがりをうけたまわったゆえ、ひとりひとりの姓名、顔を覚えることはあたわず。だが、手にかけた命の数だけは決して忘れぬ」

そう言って、あろうことか片手拝みの形で念仏を唱えはじめる。

「ふざけるな、ここは戦場ぞ」

「我らを愚弄するか」

殺気を取りもどした織田兵が、一斉に襲いかかる。

片手拝みの形のまま、足立は右手だけで槍を振り上げた。

槍が風を切る音と、念仏が和す。

次々と、織田の武者の首が刎ねられていく。

そのうちのひとつが、又左の臑（すね）に当たった。

「久しぶりだな、足立」

又左がそう呼びかけて、やっと足立の読経が止んだ。すこし遅れて、刃風も凪ぐ。その隙に、織田兵たちが後ずさる。又左と足立を中心にして輪をつくるようにして、遠まきにした。

「相変わらずのようだな」

又左のなりを頭からつま先まで見て、足立がそう言った。

又左の異装のことだ。虎皮の陣羽織は血と泥で汚れていた。きっと足立の目に映る又左は、飢えた狼か熊を思わせるはずだ。

「残念ながら、そう簡単には生き方は変えられん」

左足を大きく前にだし、又左は身を沈める。

足立も応えるように、身を沈めた。

「足立よ、向こうに上総介様がいる」

ぴくりと、足立のもつ槍の穂先がゆれた。

「お前なら、あるいは上総介様の首をとれるかもしれんぞ。しんがりなんて、つまらんだろう。負け戦を、勝ち戦に変えてみろ」

どういうつもりだと足立は目で問いかけた。

「あんたには、生き方を教えてもらった。といっても、身についた自信はないがな。

なら、今度はおれがあんたに生き方を教えてやる。傾くってのは、どういうことか教えてやる。上総介様の場所はわかったろう。行って首をとってこい」

本心からの言葉だ。死ぬつもりの男と戦っても、つまらない。生に執着し、手柄を立てんと欲する男と槍をまじわらせてこそ、又左の血は滾る。

「もっとも」

つづけた又左の声に足立の言葉がかぶさる。

ふたり同時にこう言っていた。

「通すつもりはねえけどな」

「通すつもりはないのだろう」

ふたりは共に破顔する。

それが合図だった。

ふたつの槍が雨を切り裂く。圧倒的に、足立の槍が疾かった。受けた又左の朱槍が、くの字に折れる。が、足立の穂先も無事ではなかった。銀片が舞っている。刃が無残にも砕けていた。

又左は朱槍を手放す。どすんと落ちた響きに、きっと足立は悟っただろう。又左が、柄に筋金を幾重にも巻いていたことを。又左の狙いはただひとつ。足立の槍を不具にすることだけだった。

腰の刀を、大上段に振りあげる。一方の足立は、やっと刀を鞘から抜いたところだ。

雨よりも速く、又左は刀を振り落とした。

右へとよけた足立の顔が、こわばった。どこかで見た風景だと思ったのかもしれない。

そうだ。

長坂八郎という青年が斬りつけた時と、全く同じだ。幾度も打ち据えられ、又左はひとつわかったことがある。足立は大上段の一撃を、決して刀や槍では受けない。右か左へ跳んで逃げる。長坂八郎との立ち合いを見て、そう確信した。

籠手に隠しもっていたものを、投げつける。あやまたずに、それは足立の左目に吸いこまれた。

朱色の笄が、足立の左目に深々と刺さっていた。

容赦はしない。死角から刀を繰りだす。雨がつくる幾重もの線を、横一文字に断つ。

足立は、後ろへ跳んだ。

刹那（せつな）――

雨に赤いものが混じる。足立の首から下の雨が、朱に染まった。又左の刃が足立の喉を斬り裂いたのだ。

がくりと、足立は両膝をつく。

静かに、又左は横によりそう。足立は、血を止める気はないようだ。

念仏――のようなものを唱えている。

雨は、足立が首から流す血を洗い流すかのように天から降りつづけていた。

ゆっくりと大上段に振りあげる。

「足立六兵衛」

又左の呼びかけに、足立はうつむいてうなじを露わにした。

「あんたのことは、忘れようにもきっと忘れられないだろうぜ」

言うや否や、断頭の太刀を振り下ろした。

又左の足元には、首取りの異名をとった男の骸が地に伏していた。転がった首は赤い線をひき、くぼみにはまっている。泥にまみれた足立の首を又左がそっと取り上げた時、合戦は終わった。

＊

雨は止み、晴れ間が雲のあちこちを突き破らんとしていた。

又左は、勝利に沸く陣中を大股で闊歩する。やがて、信長の本陣が見えた。永楽銭の紋を染めた陣幕の一部が上がり、その前に武者たちが人垣をつくっている。

首実検のために集まっていた武者たちだ。みなが、又左に目差しを向けてくる。

血と泥で汚れた虎皮の陣羽織が、湿った風になびく。

傾奇者の異装のまま、又左は歩む。

だが、いつもとちがうところもあった。

両手には首板をもち、その上に足立六兵衛の首がのっていたのだ。首化粧こそはしていないが、血泥は綺麗に拭きとられている。

敵の大将を討ちとった恒河と服部が道を開けた。陣幕のすぐ向こうに、床机の上に座す信長が見える。足立の名につづいて、又左は己の名を作法通りに宣言した。

どよめきが周囲に満ちる。

又左は首板を地に置き、両手をつかって足立の首を持つ。そして、信長に見えるように高く掲げた。

信長も又左に応じた。立ち上がり、従者から弓を受けとり左で握り、杖に替える。空いている右手で腰の刀を三寸（約九センチメートル）ほど抜く。そして、音をたてて納刀した。

又左は右回りで後ろへと下がり、再び間合いをとって信長を見る。

信長は弓を従者にあずけ、扇を手にしていた。全て開き三度あおげば、首実検の儀式は終わる。

だが、信長は開かない。

信長の目差しは、又左の装束に注がれている。

「又左、なんだ、そのなりは」

信長の声が、静寂にしみわたるかのようだ。

「天下布武をになう織田の武者が、そんな姿でいいのか」

又左は頭をかいた。そして、信長に笑いかける。

「生き方のすべてを変えられるわけではありませぬ」

ふんと、信長が鼻で笑った。

「強情な奴め」

そう言って、信長は目を細めた。

硬かった表情が、いつのまにか柔らかくなっている。

手首を振って、扇を一気に開く。そして、作法通りに三度あおいだ。

また手首をふり扇を閉じ、右手に持ち替え、腰帯に差し直す。

「おおう」と、感嘆の声があがった。

又左の首実検は、滞りなく終わったのだ。

信長が又左の首取りを手柄と認めた——織田家への帰参が叶った瞬間でもある。

雲が大きく割れ、日が差しこんだ。

「又左、これからも励め」

「ははァ」

又左は、深く頭を下げた。

顔を上げた時には幕は下ろされ、信長の姿は見えない。

首級がのった首板をかかえ、又左は振りむく。木曾川と飛騨川が、陽光を受けて燦々（さんさん）と輝いていた。

悪童たちの海

天野純希

一

「おい、いるか？」

扉を開けて声を掛けると、徐海はもう酔っ払っていた。

「よお、新五郎。お前もやってくか？」

濁った目をこちらに向け、盃を持ち上げてにやにやと笑う。

秀でた眉に切れ長の目、よく通った鼻筋。顔の造りこそなかなかの美男だが、その表情も仕草もひどくだらしない。狭い部屋の卓の上には、空の酒瓶と食べかけの肴が載った皿。黄酒と、明国料理特有の油と香辛料の匂い。

「悪いが、酒はそこまでだ」

俺は徐海から盃を取り上げ、腰に差した日本刀の柄(つか)をぽんと叩いた。

「仕事だ。出かけるぞ」

「何だよ、面倒臭え。お前一人で行ってくれよ」

「そうもいかん。沈門(ちんもん)の旦那は、俺とお前で片付けてこいと言っている」

徐海は嘆息すると、不満たらたらの態(てい)で立ち上がり、壁に架けた柳葉刀(りゅうようとう)を摑(つか)んだ。

明国出身の海商・沈門は、言うなればこのあたりに住む明国人たちの顔役だった。

明国人絡みの揉め事は沈門のもとに持ち込まれ、場合によっては、俺たちのような連中が解決のために出向くことになる。

小高い山の中腹に建つ沈門の屋敷を出ると、初夏の湿った風に乗って、潮の香りが漂ってきた。山を下って街に出る。日はとうに沈んでいるが、人通りは多い。

九州は南の端の、大隅(おおすみ)国、高須(たかす)の港。錦江湾(きんこうわん)の東側に位置するこの街には、大陸からの船が多く出入りし、膨大な量の人と物、銭が行き交っている。街の一角には〝唐(とう)房(ぼう)〟と呼ばれる大陸出身者の街が形成され、今も発展を続けている。

帝(みかど)や将軍の威光も、領主の権力も、この街には及ばない。だがここには、この世のすべてが詰まっている。酔っ払った船乗り。両腕で遊女の肩を抱く金持ち。遊郭(ゆうかく)で鳴り響く、華やかな歌声と管弦の音色。路地に目をやれば、家も銭も持たない連中が筵(むしろ)

を敷いて寝転がり、野良犬が残飯を漁っていた。

聞こえてくるのは七割方、大陸の言葉だ。俺がこの高須に来て三年以上経つが、いまだにここは本当に日本なのかと疑わしくなる。一昨年にザビエルとかいう坊主が薩摩を訪れてからは、南蛮人までも街に出入りするようになっていた。

「それにしても、今日は一段と賑やかじゃねえか」

道端で白粉の匂いを振りまく遊女を名残惜しげに眺めながら、徐海が言った。

「今朝方、馬鹿でかいジャンク船が入港したらしい。何でも、はるばるシャム（タイ）まで商いに出向いて、硝石をしこたま仕入れて戻ったそうだ」

「何だそりゃ。そんなもん、どうするんだ？」

「知らないのか。硝石が無ければ、火薬は作れん。火薬が無ければ、鉄砲は撃てん」

種子島に来航したポルトガル人からこの国に鉄砲が持ち込まれたのは、今から八年前のことだ。それ以前にも大陸と行き来する海賊衆などは鉄砲を持っていたという話もあるが、詳しいことは俺もわからない。ともかく、目端の利く大名はこの新しい武器に着目し、火薬の需要は高まっていた。日本では採れない硝石は、異国から持ち帰れば、たちまち銭の山に変わるのだ。

「鉄砲なんて、卑怯者が使うもんだろ。男はやっぱり、こいつで勝負しねえと」

そう言って、徐海は腰の柳葉刀を叩く。

俺たちの会話は閩南語だ。この界隈では、閩南語ができなければ、文字通り話にもならない。

「で、俺たちはいったいどこへ向かってるんだ?」

「楊酒家だ。そのでかいジャンク船で戻った連中が、沈門の旦那の船の奴らと揉め事を起こしているらしい。悪いことに、ジャンク船の主は王直の家来だ」

「へえ、そりゃ面白え」

徐海の頬に、薄ら笑いが浮かぶ。酔いはもう、吹き飛んだようだ。

この街で、王直の名を知らない者はいないだろう。明国沿岸から九州、さらには琉球、南の島々までを股にかける大海商にして、自ら『浄海王』と称する倭寇、すなわち海賊の大頭目でもある。件のポルトガル人を種子島に連れてきたのも、王直の船という話だった。

民間の交易を認めない明国では、海で商いをする者は必然的に罪人ということになる。商いのいざこざで、商談相手がそのまま襲うべき獲物に変わることも珍しくはない。そうした意味で、今の世では海商も海賊も大した違いはなかった。

明国人でありながら倭寇と称されるのもおかしな話だが、百年前ならともかく、今の倭寇は十人中、七人から八人が明国人だ。王直はそうした連中を束ね、今では数百隻に及ぶ船団を抱えているという。高須に限らず、このあたりの海で王直を敵に回すことは、すなわち死を意味する。

楊酒家に着くと、主人の楊が、気の毒なほど狼狽えながら出迎えた。早口過ぎて聞き取れないが、さっさと収めてくれなきゃ商売にならない、といったところだろう。

店内に入ると、血の臭いが鼻を衝いた。倒れた卓や椅子、割れた皿や酒瓶が散乱し、五人の明国人が殺気立った目でそれぞれの得物を向けてくる。

「何だ、若いの。俺たちに何か用か？」

五人の中では年嵩らしい、髭面の男が凄んできた。手にした柳葉刀からは、血が滴っている。

五尺八寸（約一七六センチメートル）の俺は、日本人にしては長身だが、連中は全員、俺と同じかそれ以上だ。発する気から、荒事に慣れているのもわかる。

「この店で揉め事は困る。他所でやってくれって言いに来たんだがな」

「そりゃご苦労なこったな。けど、揉め事なら今さっき終わったぜ」

「そのようだ」

見ると、床にちぎれた腕が転がっていた。三人の男が倒れていて、一人はすでに死んでいる。残る二人も、命が助かるかは五分五分といったところか。

　商船といっても、乗っているのは気の荒い連中ばかりだ。酒場での些細な言い争いが殺し合いに発展することなど、珍しくも何ともなかった。

「わかったらさっさと失せな」

「それはできんな。この店の主は沈門の縁者で、しかもあんたらが殺ったのは、沈門の船の人間ときた。屋敷に来て、詫びの一つも入れてもらわなければ……」

　俺がまだ言い終わらないうちに、徐海が腕をぶん、と振る。

　一人の眉間に、小さな刃物が突き立った。飛刀。暗器としても使われる、手裏剣に似た大陸の武器だ。鉄砲は卑怯だなどと言っていたくせに、徐海はこの武器を得手としている。

　続けて、もう一人の喉に飛刀が突き刺さる。そいつが倒れるより早く、徐海は柳葉刀を抜いて床を蹴った。五尺少々と小柄だが、その俊敏な動きは相当な手練れでも捉えるのが難しい。舞うような動きで、徐海が刀を振る。別の一人の腕が飛び、血飛沫が上がった。

「あの馬鹿、やりやがった！」

　まったく、人が穏便に済ませようとしているのに。やむなく、俺も舌打ちしながら後に続いた。

「倭奴（わど）！」

髭面の男が、柳葉刀を振り上げる。倭奴。明国人が使う、日本人への罵倒（ばとう）語だ。

俺は刀の鯉口（こいぐち）を切り、がら空きの胴へ抜き打ちを見舞う。胸を斜めに斬り裂かれ、哀れな髭面は呆気（あっけ）なく血の海に沈んだ。

「侍、舐（な）めるなよ」

瞬く間に四人を倒され、残った一人は呆気に取られていた。

「お、おい……てめえら、俺たちが王直様の配下と知って……」

さすがに全員殺すのはまずい。こいつは生かしたまま屋敷に連れ帰って、と考えたところで、徐海の刀が男の喉を貫いた。

「うるせえよ。他人の看板持ち出すくらいなら、最初から刀なんか抜くんじゃねえ」

徐海は、勝ち誇るような笑みを浮かべた。命のやり取りをしている時のこの男の顔は、羨（うらや）ましいほど生き生きとしている。

二

俺が徐海と出会ったのは、ほんの三月ほど前のことだった。

徐海は俺と同い年の二十五歳、明国は徽州歙県の生まれ。そして信じ難いことに、明国にいた頃は僧侶だったという。

「明山和尚っていえば、そこらじゃ名の知れた坊主だったんだぜ」

徐海は自慢げに語るが、賭場に入り浸ったり、遊女の部屋に忍び込んで喧嘩沙汰を起こしたりと、悪名高い破戒僧として知られていたようだ。

寺での退屈な日々にうんざりして還俗した徐海は、各地を放浪した後に、海商として成功していた叔父の徐惟学を頼った。

徐惟学は浙江、福建を本拠としながら、大隅にも勢力を伸ばしていた。徐惟学は甥を海商、もしくは海賊見習いとして、かねて親交のある沈門に預けることにした。

俺は徐海を一目見ただけで、ただ者ではない、あるいはまともではないことがはっきりとわかった。裡に抱える凶暴な獣を、表面の薄ら笑いで包み隠している。腕も相当なもので、殺した人間は一人や二人ではきかないだろう。徐海も俺を同類と見たのか、すぐに意気投合し、二人で組んで仕事をし、銭が入れば町へ繰り出して飲み歩くようになった。

しかし問題は、徐惟学の盟友であり、兄貴分とも言える存在が、あの王直だということだ。

「この馬鹿どもが。誰が皆殺しにしてこいと言った！」

予想通り、沈門の怒りようは尋常ではなかった。それも無理はないだろう。場合によっては、王直の船団が来襲し、高須を焼け野原に変えかねない。

だが、最悪の事態は何とか避けられた。徐惟学は甥の乱行を率直に詫び、王直もそれを受け入れたのだ。

王直と徐惟学は今、浙江方面で対立する倭寇集団との戦に忙殺されている。二人にしてみれば、下っ端が数人殺されたというだけで、内輪揉めをしているわけにはいかないのだろう。

どうにか丸く治まったものの、沈門の怒りが消えることはなかった。俺と徐海に回される仕事は、港での荷揚げ作業だの小さな借銭の取り立てだのので、このところまるで面白くない。

「いいか、新五郎。俺はな……」

楊酒家の片隅。徐海は甘酢のかかった海老を頬張る俺に、この世のすべての不幸はお前が原因だと言わんばかりの目を向けてきた。

「海賊になって好き放題暴れるために、退屈な寺を飛び出してきたんだ。こんなところで安酒飲みながら愚痴るために、はるばる海を渡ったんじゃねえ」

「知るか。元はと言えば、お前が考え無しに殺しまくるから、こんなことになったんだろう」

幾度となく繰り返した口論に飽きたのか、徐海は嘆息して酒を呷り、俺は魚肉入りの饅頭に齧りついた。

「まあいい。それはそうと……」と徐海が言いかけたところで、どこかから聞き覚えのある名が聞こえてきた。

話しているのは、別の卓の二人の商人だった。見たところ、一人は日本人で、もう一人は明国人のようだ。何かの間違いかと思って聞き耳を立てたが、確かにその名が出てきた。

「おい」

俺は立ち上がると、日本人商人の胸倉を摑んで訊ねた。

「今、何の話をしていた？」

「え、いや、周防の大内様が、家来に討たれたって……」

去る九月一日、周防の大名大内義隆が重臣陶隆房の謀叛に遭い、逃亡先の長門大寧寺で自害したという。

商人の胸倉を摑んだまま、俺は呆然とした。

主家を、帰るべき家を、失ってしまったのだ。


俺は周防、長門を本拠とする大大名、大内義隆の家臣の家に生まれた。

父は冷泉興豊。冷泉家は大内一門の庶流で、家中でもそれなりの地位にある。もっとも、俺は身分の低い妾の子で、嫡男は十四も歳の離れた兄の隆豊だ。俺が家督を継ぐ見込みは薄く、武士としての教育をひと通り受けはしたが、兄と比べればずいぶんと雑に育てられたように思う。

世はまさに、戦国乱世の真っ只中だった。毎日のように、どこそこで戦があった、誰それが殺されたという話が聞こえてくる。中国西部から北九州にまたがる大勢力である大内家も連年、戦に明け暮れていた。

父は大内家の水軍を統括する立場にあり、俺も物心ついた頃から海と船には親しんできた。鼻持ちならない武家の子弟たちよりも、荒くれだが裏表の無い船乗りたちと交わっている方が、性に合ったのだ。

海の上には道があり、京や奥羽はもとより、琉球、朝鮮、明国、さらに遠くの国々まで、果てしなく続いている。そう教えてくれたのは、父や船乗りたちだった。

大内家と海の繋がりは深い。瀬戸内の半ば以上を制し、大陸からの玄関口に当たる博多も押さえた大内家は、幕府から明国へ送られる遣明船の差配を一手に取り仕切り、交易の利をほぼ独占しているのだ。父も若い頃に幾度か、遣明船に乗って明国へ渡ったことがあるという。

海の道を流れるのは、人や物、銭だけではない。新しい知識や文化、時には言葉さえも、船に乗って様々な場所へ届けられる。仏の教えや文字も、遠い昔に海の道を通って日本へ伝わってきたのだ。

そして目には見えないが、陸と同じように、海の上にもいくつもの国がある。その国を治めているのは、今は倭寇と呼ばれる海賊たちだという。

父や船乗りたちの話を聞いて、俺は童らしく胸を躍らせた。海の道と、そこにあるという国に思いを馳せ、見知らぬ世界を夢想した。

兄の隆豊は文武両道に通じ、主君大内義隆の寵も得て将来を嘱望されている。一方、俺は武芸——というよりも喧嘩——の他にさしたる取柄はなく、人付き合いも苦手で、よく朋輩と揉め事を起こしていた。陸の上では、俺はどこへ行っても「素行の悪い、隆豊の異母弟」でしかない。

俺は、何者かになりたかった。海に出れば、その漠然とした望みがかなうかもしれない。水軍の将として海の道を制し、交易で大内家に莫大な富をもたらせば、周囲の目も変わってくるのではないか。そんな夢を抱いてしまったのだ。

思えばそれが、俺が道を踏み外した最初の一歩だった。

今から四年前、俺は病没した父の跡を継いだ兄に頼み込み、九年ぶりに送られる遣明船に意気揚々と乗り込んだ。

明国は異国との交わりを嫌い、海禁政策を敷いている。民間の交易を禁じ、周辺諸国の貢物を受け、それに返礼の品を与えるという形でしか交易を認めないのだ。国ごとに勘合符という割札が与えられ、遣明船を送る回数まで厳しく決められている。

しかし、明国の皇帝は諸国の王に気前の良さを示すため、献上された貢物よりはるかに高額な返礼品を与えてくれる。貢物は主に、銅や銀、硫黄、刀剣に漆器、屏風などなど。それに対する返礼品は、明国で鋳造された永楽銭や生糸、絹織物に水墨画、ありがたい仏典と様々だが、日本に持ち帰れば途方もない利を生むことだけは確かだ。

天文十六（一五四七）年五月、周防を発した四隻の船団は肥前の五島を経て、明国へ向けて出航した。

当時二十一歳の俺は、初陣をとうにすませ、幾度か手柄も挙げて自信をつけていた。操船術も船戦のやり方も学んだ。海の外には海賊がうようよいるという話だったが、怖いものなど何もない。ついに広い海へ出られるのだという高揚だけを感じていた。

　だがその自信は、呆気なく叩き折られる。俺の乗った遣明船の三号船は船団からはぐれ、温州（おんしゅう）のあたりを彷徨（さまよ）っていたところで倭寇の襲撃を受けた。

「敵襲、海賊だ！」

　見張りの声を聞いた時には、すでに手遅れだった。倭寇は無数の小舟でこちらの船に忍び寄り、船縁に鉤縄（かぎなわ）をかけてよじ登ってくる。鎧（よろい）を着ける暇（いとま）も無いまま続々と湧き出る敵と斬り結ぶうち、俺は無数の傷を受け、意識が朦朧（もうろう）としてきた。そして組みついてきた敵兵ともみ合いながら、海へと転落する。

　溺死（できし）しなかっただけでも信じられないほどの幸運だった。気づけば俺は、見知らぬ浜辺に打ち上げられていた。乗っていた船も、倭寇たちの姿も見えない。

　それからの一年を、俺は身一つで、まさに泥水を啜（すす）るようにして生き延びた。船団はどこにいるのかもわからず、合流する術（すべ）はない。銭は無くとも腹は減る。やむなく街へ出た俺は明国人のふりをして、日雇いの人足仕事で食い繋ぐしかなかった。幸い、船乗りたちから閩南語を学んでいたので、ある程度の意思の疎通（そつう）はできた。

分不相応な夢を抱かず、堅実に生きるべきだったのだ。貧窮に喘ぎながら、俺は激しく後悔した。

とにかく周防に帰れば、まだやり直せるかもしれない。今度こそまっとうな武士として、生まれ変わるのだ。その思いが、折れそうになる俺の心を辛うじて支えていた。

しかし、船団の行方は杳として知れず、帰国の方策すら見つからない。絶望の淵に立つ俺を拾ったのは、沈門だった。ちょっとした喧嘩で屈強な男どもを打ち負かした俺に目をつけ、荒事を請け負わせようと目論んだのだ。

俺は、沈門が羽振りのいい海商だと知り、思い切って自分が日本人だと打ち明けた。すると奴は大いに喜び、「自分は近々日本へ行く。お前も船に乗せてやろう」と提案してきた。これぞ天祐。神仏はまだ、俺を見捨ててはいなかった!

だが、俺は若く、世間というものを知らなかった。大隅の高須に到着した途端、沈門は俺に、永楽銭で二十貫文という莫大な船賃を要求してきたのだ。

二十貫文といえば、山口でもそこそこの家が建てられる。俺にそんな大金が払えるはずもなく、俺は沈門の下で奴婢のように働かされる破目になった。

あれから三年。俺はいまだに、高須の街を出ることさえできずにいる。

「おい、どうした？」

突っ立ったまま放心する俺に、徐海が声を掛けてきた。

「……俺は、帰る家を無くしたらしい」

謀叛を起こされた大内義隆が逃げ込んだ長門大寧寺には、俺の兄もいたらしい。兄は家中のほとんどが陶隆房に付いたにもかかわらず主君に忠義を尽くし、大寧寺を囲む敵に斬り込んで壮絶な最期を遂げたという。

陶隆房が大名になるのか、それとも大内の血筋に繋がる誰かを当主に立てるのかはわからないが、少なくとも俺の知る大内家はもうどこにも存在しない。兄が死んだ以上、冷泉家も滅びたも同然だ。俺は正真正銘、天涯孤独の身となった。

「ちょうどよかったじゃねえか」

わけを話すと、徐海はあっけらかんと言った。

「何がだ。お前、人の不幸を……」

「もう失う物は何も無えってことだろ。だったら、俺と海に出ようぜ」

徐海は自信に満ちた目で続ける。

「船を仕立てて、仲間を集めて海に乗り出す。商船や街を襲って銭を蓄えたら、さらに仲間を増やす。そして、いつかは王直の野郎もぶっ潰すんだ」

「お前、正気か?」

「当たり前だ。そのために、俺は寺を出た」

「だが、船を仕立てるって言ったって、そんな銭がどこに……」

「まあ聞けって。いい話があるんだ」

徐海は、童が上手く泥団子を作れた時のような満面の笑みを浮かべ、俺は嫌な予感に身を震わせた。

三

「正面に船影。ジャンク船じゃ!」

海鳥の啼(な)き声を吹き飛ばすように、見張りが大声を上げた。

船尾楼に立つ俺は、前方に目を凝らす。

見渡す限りの大海原(おおうなばら)。その水平線近くに、確かに一艘(そう)の船が見える。徐々に船影が近づいてきた。中型のジャンク船。恐らくは商船だろう。船足の遅さを見る限り、かなりの量の荷を積んでいる。

「最初の獲物には、おあつらえ向きじゃねえか」

徐海が俺の隣に来て言った。

「待て待て。まさか、襲うつもりか？」

「当たり前だろうが。上等な獲物が目の前にいるってのに、何で見逃さなきゃならねえんだ？」

「馬鹿か、お前は。俺たちは海賊を狩りに行くんだぞ。俺たちが海賊になってどうする」

「なあに、海は広いんだ、わかりゃしねえよ。それに、手下たちに場数を踏ませておくのは悪いことじゃねえ」

徐海は目を細めてにやりと笑い、「なあ、野郎ども！」と同意を求める。乗員たちは「おお！」と喚声で応え、俺は深く嘆息した。

俺と徐海が乗る二本帆柱の小型ジャンク船は、十日ほど前に高須を出航し、明国浙江省の烈港（れっこう）を目指していた。

徐海が一年前に言っていた〝いい話〟とは、烈港にいる徐惟学からの招きだった。敵対する海賊との戦いに勝利した王直と徐惟学は、今度は明国の官軍と手を組み、浙江周辺の海賊討伐を請け負ったのだ。

「夷を以て夷を制す」の言葉通り、明国の官軍はしばしば、有力な海賊に密貿易の黙認といった利を食らわせ、海賊狩りを行わせていた。そして、徐惟学は戦力の補充のため、甥を呼び寄せたというわけだ。

海に出たくて仕方ない徐海にとっては、まさに渡りに船だった。徐惟学から送られた仕度金は、中古の船を買い、乗員も集め、武器や食料を買い揃えても、十分余りが出るほどの額だったのだ。

俺が誘いに乗ったのは、その余った仕度金で沈門からの借銭を帳消しにしてやると言われたからだ。

帰るべき家を失った上に、借銭まみれ。俺に必要なのは、何を措いても銭だった。海賊に身を落とすのは死んだ父や兄に申し訳ないような気もしたが、沈門の下僕のままでいるよりは、はるかにましだろう。

襲撃を決定して半刻足らずで、俺たちは中型ジャンクに追いついた。真紅の派手な旗を掲げてはいるが、それが誰のものなのか、知る者はいない。

「ぶつけるぞ。野郎ども、抜かるなよ！」

徐海が喚いた直後、船が激しい衝撃に揺れた。

味方が次々と鉤縄を投げ上げ、こちらより高い相手の舷側をよじ登っていく。俺も背負った日本刀を抜き放ち、刃を口に咥えて後に続く。

船縁を乗り越えて甲板に降り立つと、いきなり敵の一人が奇声を上げ、斬りかかってきた。

俺はすんでのところで刀を摑み、相手の刃を受け止めながら、向う脛を蹴りつける。ぐっ、と呻いて前屈みになった相手の鼻面を、刀の柄で一撃。鼻血を撒き散らしたところで、渾身の力を籠めて刀を振る。ぽん、と音がしそうなほど鮮やかに、首が飛んだ。

ようやく周囲を見渡す余裕ができた。闘争の巷と化した甲板上には、すでにいくつもの骸が転がっている。

斬り込んだ味方は、俺と徐海も含め三十人。敵も同じかそれ以上だが、勢いではこちらが勝っている。味方は皆、嬉々とした表情で初仕事に臨んでいた。

俺と徐海が戦闘要員として集めたのは、大半が刀の扱いに慣れた日本人だった。

薩摩の掃部は、世渡りが下手過ぎて主家を追われた元島津家家臣。日向の彦太郎は、戦場での乱暴狼藉が生き甲斐の足軽。種子島の助五郎は、刀で人を斬る快感を覚えてしまった元刀鍛冶だ。他にも元百姓や野盗、野武士と、出自は様々だった。一癖も二癖もあり、揃いも揃って救い難い悪党だが、腕だけは立つ。

この分なら、初陣は大過なく終わりそうだ。そう思った刹那、甲板に味方の悲鳴が響き渡った。

見ると、味方の一人が青龍刀で腹を貫かれ、高々と掲げ上げられていた。青龍刀は、大陸で使われる馬鹿でかい薙刀のような武器だ。振り回すだけでも、とてつもない膂力が必要になる。

三国志に出てくる関羽のような、長い髯の大男だった。そいつは刃で貫いた味方を軽々と海に投げ捨て、大音声を放つ。

「倭奴め、この〝浙江の美髯獣〟こと、陳東様の船を襲うとは、なかなかいい度胸だ！」

陳東は青龍刀を頭上でぶんぶんと旋回させる。挑発に乗って飛び出した味方が二人。一人は瞬きする間もなく両断され、もう一人は腹に柄の一撃を食らって吹き飛ばされ、そのまま海へと落ちていった。

「どうした、海賊ども。この陳東様に恐れをなしたか！」

何が可笑しいのか、陳東は高笑いを上げながら味方を次々と血祭りに上げていく。

その邪気の無い笑顔は、完全に常軌を逸していた。

「おい、とんでもないのがいるぞ」

俺は徐海に近づき、耳打ちした。

「ああ。あの手の馬鹿は、関わるとろくなことがねえ」

二人で顔を見合わせ頷くと、同時に踵を返した。

「野郎ども、引き上げだ！」

叫びながら駆け、船縁をひらりと越えて自船に飛び移る。

「帆を上げろ。総櫓で突っ走れ。このまま一気に烈港まで進むぞ」

俺の下知に応え、水夫たちが慌ただしく動き出した。中型ジャンクが見る見るうちに遠ざかっていく。幸い、追ってくる気はないらしい。

こうして、我ら徐海一味の初陣は完全なる失敗に終わった。


浙江省、烈港。杭州湾に浮かぶ舟山群島の一角に位置するこの港は、密貿易に従事する海商たちの一大交易拠点であり、倭寇の大頭目、王直の本拠地でもある。

港には大小無数の船が出入りし、南蛮船も多い。高い城壁で囲われた街は、高須よりはるかに広く、家屋も優に千軒はありそうだった。通りには、明国はもとより、日本、琉球、シャムやマラッカ、ポルトガル、さらには肌の黒い奴隷たちと、種々雑多な人々が行き交っている。

街にいくつか見える一際高い塔のような建物は、キリシタンの寺院だ。表通りまで流れてくる祈りの音曲を聴きながら、俺は徐海に訊ねた。

「お前、右の頰をぶたれたらどうする？」

「殺す」

「だろうな」

俺たち海賊に、神の教えは必要ない。

王直は交易に出かけていて、戻るのは数日後だという。俺たちは久しぶりに羽を伸ばし、遊郭に繰り出して痛飲した。

それから三日後、俺と徐海は王直の広大な屋敷に招かれ、巨大な円卓に並んだ豪勢な酒肴を前に、身を硬くしていた。

「やはり、そなたたちに間違いないようだな」

上座に就いた男が、盃を舐めながら言った。

海上の覇者、王直その人である。ふくよかな頰に切れ長な目、大きな耳と、長く黒々とした顎鬚。ゆったりとした絹の衣に冠。一見温厚そうで風格すら漂うその容貌は、倭寇の頭目というよりも、どこかの国の大臣か、偉大な儒学者と言われた方がしっくりくる。

「困ったのう、徐惟学。官軍との協調を図らねばならんこの時期に、よりにもよって、そなたの甥が海賊行為を働くとは。しかも、相手は我が配下だ」

「まったくもって、お詫びのしようもございませぬ」

王直の隣に座る徐惟学が、痛恨の極みといった声音で言い、深く頭を垂れた。

この二人は同郷で歳も近く、友人同士だった。最初は塩の密売を手掛けるが失敗し、海に出て密貿易を開始、次第に頭角を現して一大勢力となり、今では王と宰相のような関係にある。

「しかしな、この者どもが我が配下を襲ったのは二度目だ。さすがに何の咎めも無しというのでは、示しがつくまい」

二人のやり取りを聞きながら、俺は顔を引き攣らせていた。何となれば、俺と徐海の正面に座りこちらを睨みつけているのが、あの〝浙江の美髯獣〟陳東だからである。

俺たちに遅れること一日、陳東の船も烈港に入っていた。そして街で偶然、俺たちの船の乗員を見かけた陳東の配下が後をつけ、陳東を襲ったのが徐海であることが発覚。報せはすぐに王直の耳に達し、俺たちは今こうして詰問を受けている。

結局、徐惟学が王直に多額の賠償金を支払い、徐海は烈港から追放、交易も禁止するということで話がついた。さらに、徐惟学の縄張りの中から、実入りのいい港を陳東に引き渡すという。陳東は俺と徐海の首を要求したが、王直に宥められて引き下がるしかなかった。

とにもかくにも、この状況で命拾いできたのは僥倖だ。俺はほっと胸を撫で下ろした。

「そういうわけだ。お前たちは、明日の朝にでも出航し、日本へ帰れ。そして二度と、海を渡るでないぞ」

苦り切った表情で言う徐惟学を一瞥もせず、徐海は上座の王直を見据えて口を開いた。

「がっかりさせてくれるなよ、王直さんよ」

俺も、徐惟学も陳東もぎょっとした。落ち着きかけていた部屋の空気が、一気に張り詰める。

「お、おい、徐海……」

「うるせえ。何が倭寇の大頭目だ。明国に喧嘩売って海へ出たくせに、今さら海賊狩りで官軍のご機嫌取りかよ。しかも、気に入らねえ相手には海へ出るな、交易も禁ずるだ？　やってることは、明国のくそ役人どもと同じじゃねえか」

王直は鬚を撫でながら、細い目をさらに細める。制止しようとする叔父も無視して、徐海は続けた。

「言っておくが、俺たちは誰の下にもついちゃいねえぞ。あんたにも、無論、官軍にも。海へ出たからには、誰にも縛られねえ。主は自分自身。それが、海賊ってもんだろうが」

殺される。背中に汗が滲むのを感じたが、王直は意外にも頬を緩めた。

「なるほど、なかなか面白い若僧だ。だが、己の力量と唾を吐く相手は、冷静に見極めねばならん。それができん者は皆、早死にすることになる」

口元に微笑こそ湛えているが、その目の奥には獣じみた凶暴な光が灯っていた。この男は、陳東なんかより、これまで出会ったどんな敵よりもずっと恐ろしい。なぜだかわからないが、それがはっきりとわかる。

「徐惟学の顔を立てて、ここで殺すことはせぬ。だが、次にわしの目の届くところに現れたら、その時は死を覚悟しておくことだ。わかったら、さっさとここから出ていくがいい。ここは、わしの国だ」

いっそ、ひと思いに殺された方が楽ではないのかと、俺は思った。実物を見たことはないが、山の中でいきなり虎に出くわせば、こんな気分になるのかもしれない。

徐惟学は不肖の甥を睨みつけ、陳東は腕組みして何事か考えに耽っているように見える。俺は徐海を促して立ち上がった。

去り際、徐海は王直に向けて、捨て台詞を叩きつけた。

「ここで俺たちを殺さなかったことを後悔するなよ。いつか、あんたの国を奪いにくるからな」

「面白い。楽しみに待っているぞ」

王直は、心の底から楽しそうな笑みを浮かべた。

四

一年が過ぎた。

王直の叱責を受けた徐海は、その日の夜に王直の暗殺を企てたものの、それを察した徐惟学の必死の制止を受け、しぶしぶ烈港を離れた。

だが、それで大人しくしているような徐海ではない。王直と徐惟学の目が届かないのをいいことに、大隅へ戻った途端、水を得た魚のように暴れはじめた。

日本や明、琉球、ポルトガルの交易船を手当たり次第に襲い、奪った財物で人と船を集め、さらに大きな獲物を狙う。徐海の名は南九州一帯に鳴り響き、一味は急速に膨れ上がった。今では大小合わせて三十艘、千人を数えるまでになっている。

「よくもまあ、たった一年でここまで大きくなったもんだ」

俺が感慨を漏らすと、徐海は「冗談じゃねえ」と応じた。

「ここからが正念場だ。王直の首を獲らなけりゃ、俺たちの国は造れねえぞ」

国を造る。この一年、徐海はしばしばそう口にしてきた。ちょっと前まで高須の路地で借銭の回収をしていた男の言葉とは思えない。そういえば、徐海からはこのところ、海賊の大将らしい風格のようなものも漂いはじめている。

いつだったか、いつもの楊酒家で徐海が言っていた。

「そもそも海ってのは本来、誰の物でもねえはずだろう。それなのに明国の役人どもは交易を禁じ、従わない奴らを罪人扱いしやがる。商いどころか、海で魚を獲ることまで禁じられて食えなくなった村を、俺はいくつも見てきた」

確かに、明国沿岸の人々の暮らしぶりはひどいものだった。役人や官軍の横暴に苦しみ、さらにはしばしば倭寇に襲われる。倭寇の首と称して何の罪も無い民の首が晒されたという噂も、幾度も耳にしたことがある。

「そんな連中を集めて、俺たちの国を造るんだよ。何ものにも縛られねえ、誰もが好きに行き来できる、海の上の国。面白いと思わねえか？」

そう語る徐海の目は、俺には見えないどこか遠くを見ているように思えた。

天文二十二（一五五三）年、明国では嘉靖三十二年の三月。徐海一味は高須の港に集結し、出航の時を待っていた。

「本当にやる気か？」

「当たり前だ」

味方は近隣の海賊にも呼びかけ、六十艘近い大軍になっている。目的地は烈港。目指すのは、王直の首だ。あの王直と戦うには心もとない戦力だが、徐海の顔つきは自信に満ちている。

俺たちが烈港を追放になった後、徐海が原因で王直と徐惟学の間に生じた亀裂は埋まることなく、ついに二人は袂を分かった。徐惟学は王直の下を離れ、今は広東方面で活動しているという。徐惟学に従って烈港から去った者も多く、その分、王直の兵力は目減りしているというのが、徐海の見立てだ。

今の王直の兵力は、恐らく二百艘足らず。その多くは交易に出ているため、烈港にいるのは半数程度だ。不意を打てば、勝てない戦ではない。徐海はそう力説した。

王直を倒して烈港を奪えば、徐海一味は倭寇の中で最大の勢力を手に入れられる。たとえ王直が逃げ延びたとしても、烈港を失えば、糧道を断たれたも同然だ。勢力は次第に衰え、滅ぼすのも難しくなくなる。

しかし俺の胸中は、不安で一杯だった。王直と戦う。そう考えると、嫌でもあの獣のような目を思い出し、足が竦む。

徐海に引きずられるようにしてここまで来てしまったが、本当にこれでよかったのだろうか。どうにかして、日本でまっとうな武士に戻る道はなかったのか。高須を出航しても、そんな愚にもつかない考えが頭を離れない。


俺が密かに抱えた鬱屈をよそに、船団は大海原を突っ切って進んでいた。

烈港にはとてつもない財物がある。そう徐海から聞かされていた水夫や兵たちの士気は高い。

季節外れの大風に翻弄された翌日、彼方に舟山群島東端の馬跡山という小島が見えた。そこを通り過ぎると、周囲に大小の島々が現れる。このあたりは狭い海峡が多く、潮流も激しい。帆を下ろし、櫓走に切り替える。

俺は違和感を覚えた。どこかおかしい。去年、この海域を通った時はもっと多くの船が行き交っていたはずだが、今は漁師舟の一艘も見えない。

「前方に船影、およそ五十！」

見張りの声に、俺と徐海は顔を見合わせた。

「どういうことだ。王直の船団か？」

「遠すぎて旗は見えませんが、こちらへ向かってきています！」

俺たちを迎撃するために船団を出してきたのか。だとしたら、敵は何故、こちらの侵攻を知っていたのか。いや、わからないことを考えても意味はない。俺と徐海は船首楼まで駆け、ポルトガル人から奪った遠眼鏡を覗いた。

先頭の大型ジャンク船が掲げる旗には、『浄海王』の文字が大書してある。間違いない、王直本人の乗る船だ。

「本人がお出ましとは願ってもねえ。野郎ども、船戦の仕度だ！」

俺は首を傾げた。王直がこちらを待ち受けていたとしたら、五十艘というのは少なすぎる。兵力が目減りしたといっても、百艘近くは集められるはずだ。

「ちょっと待て。様子がおかしいぞ」

俺は前方に目を凝らした。向かってくる五十艘は、前を行く二十艘とその後ろに続く三十艘に分かれている。まるで、三十艘が二十艘を追いかけているように。

不意に、「どん」という腹に響く音が聞こえた。前の集団の一艘の帆柱がへし折れ、大きく傾く。音はなおも続き、海面に次々と水柱が上がる。

仏郎機砲（フランキほう）――明国人が仏郎機と呼ぶ南蛮人がもたらした大砲だ。撃っているのは後ろの三十艘で、明らかに前の二十艘を狙っている。

「おい、どうなってんだ。仲間割れか？」

「わからん」

再び遠眼鏡を覗くと、ようやく後方の集団が掲げる旗が見えた。

「まずい。後ろの連中は明の官軍だ」

「何だそりゃ。何だって王直と官軍が……！」

「知るか。俺に訊いたってわかるかよ！」

言い合っているうちに、官軍のさらに向こうから無数の船影が現れた。いずれも官軍の旗を掲げている。合わせて、七十艘近くになるだろう。

俺は、烈港の方角に遠眼鏡を向けた。幾筋もの黒煙が上がっているのが見える。

「そういうことか……」

恐らく、何らかの理由で官軍と王直は決裂したのだ。官軍は王直の討伐を決定し、烈港に攻め寄せたのだろう。王直は何とか二十艘の配下とともに逃れ、官軍はそれを追ってきた。そこへ運悪く、俺たちが鉢合わせになったということだ。

「くそっ、最悪だ！」

俺は頭を抱えた。

いつだってこうだ。大事な時に限って、俺は運に見放される。前世の俺は、よほどの悪事を働いたに違いない。

「おい、どうする？」

徐海に訊ねた。王直の船団は、もう目と鼻の先だ。狭く潮流の激しいこの海域では、転進するのも容易ではない。

「俺たちの狙いは王直の首だ。このまま突っ込め！」

「馬鹿野郎。王直を殺れたとしても、官軍はどうするんだ。奴らからすれば、王直も俺たちも同じ穴の貉だぞ」

「そんなもん、後で考える。とにかく前進だ！」

正面に、王直の旗船が見えた。甲板に立つ王直の顔まで、はっきりと見て取れる距離だ。奴は徐海と俺を見据えながら、笑みを浮かべている。

いきなり、王直の船が向かって右に舵を切った。他の船も見計らっていたかのようにそれに倣い、こちらに船腹を見せながら転進していく。

「こっちも舵を切れ。王直を逃がすな！」

「駄目です。潮の流れが速くて、舵が言うことを聞かねえ！」

舵取りが叫ぶ。前方には、同じく転進に失敗したらしい官軍の船団が迫っている。やられた。このあたりの地形と潮流を知り尽くした王直は、俺たちの姿を見つけた時から、官軍をこちらにぶつけるつもりだったのだ。

視線を転じると、王直の船団は見る見る遠ざかっていく。

「仕方ねえ、まずは目の前の官軍を叩くぞ。王直の首は後のお楽しみだ！」

徐海の下知は滅茶苦茶だが、他に選択の余地はなかった。

再び砲声が響き、すぐ近くで水柱が上がった。船が大きく揺れ、飛沫が降り注ぐ。ずぶ濡れになりながら振り返ると、直撃を受けた味方の船が傾き、兵や水夫が海に投げ出されていた。

「弓衆、火矢の用意。右舷に並べ。他の者は、斬り込みに備えろ！」

俺の下知に応え、兵たちが動き出す。火矢を射掛けて敵船を燃やすか、あるいは船をぶつけて斬り込むか。その二つが、船戦の定石だ。

官軍の船団と、真正面からぶつかった。たちまち乱戦になる。この距離で敵味方が入り乱れては、仏郎機砲も使えない。四方八方から喊声と船のぶつかる音が響き、上空を夥しい数の矢が飛び交う。

右舷の敵船に、火矢を射込んだ。瞬く間に炎が上がり、積んでいた火薬に引火して凄まじい爆発が巻き起こる。爆風を浴びながら、徐海の目は爛々と輝いている。

左舷に敵がぶつかってきた。二十人ほどが斬り込んでくる。俺と徐海は刀を抜き、駆け出した。目の前を、白刃が駆け抜ける。俺は刀を振る。肉と骨を断つ手応え。悲鳴と血飛沫が同時に上がる。

胴丸と籠手、脛当てだけの味方に比べ、重武装の敵は動きが遅い。加えて、日本刀の切れ味は敵の武器をはるかに上回っている。斬り込んできた敵を打ち払うのに、たいした時はかからなかった。

あたりを見回した。数艘が敵に囲まれ、炎に包まれている。助ける余裕はない。徐海は躊躇いなく見捨て、前進を命じた。

「散らばるな。一つに固まったまま突っ切るぞ！」

俺は大声で下知したが、周辺の島影から敵の新手が続々と現れてくる。これで敵は、こちらの倍近くになるだろう。

気づけば、味方は囲まれつつあった。包囲の壁は厚く、正面から突き破るのは難しい。敵の旗船を探して沈め、動揺した隙に脱出するしかない。

「見えたぞ、旗船だ！」

叫んだ兵が矢を受け、海へ落ちていった。艮（北東）の方角。一際大きな船が見えた。距離は七町（一町は約一〇九メートル）ほどだが、間に十艘以上いる。

振り返り、味方を数えた。すでに半数ほどにまで減っている。残りは沈んだか、逃げ去ったか、燃えているかだ。

「届くと思うか？」

「さあな。届かなけりゃ、くたばるだけだ」

「それもそうだ」

「もしも生き延びたら」と徐海が言う。

「また高須の楊酒家で、一杯やろうぜ」

頷き、俺は刀を握り直した。

「いいか、野郎ども。奴らが海の道を閉ざした張本人だ。ぶっ潰して、道をこじ開けるぞ！」

怒濤のような喊声が上がる。こちらが旗船を狙っていることに気づいた敵が、雨のように矢を射掛けてきた。甲板上の兵が次々と倒れていく。すぐ側を矢が掠め、左の耳が裂けた。熱い血が、頬を伝って流れ落ちた。

船足が落ちていた。漕ぎ手が疲弊している。右手から、味方の船が追い抜いていく。敵の攻撃がその船に集中した。左右からぶつけられ、次々と敵兵に乗り込まれている。

敵の矢が尽きた。船に衝撃が走る。左舷にぶつけられた。さらに右舷から二艘。船足が完全に止まり、敵が斬り込んできた。どうやらここまでらしい。なぜか、笑いが込み上げてくる。徐海も笑っていた。ひとしきり笑うと、俺たちは敵兵に向かって駆けた。

血の臭い。死体から漏れた糞尿の臭い。群がる敵兵を斬りまくり、吐き気を催す悪臭を嗅ぎながら、俺は不思議なことに生の実感というやつを感じていた。目の前に立ちはだかる敵を殺す。頭にあるのはそれだけで、他のことなどどうでもいい。俺はようやく、本当の意味で〝武士〟になれたのかもしれない。

何人斬ったのか、数えるのも面倒になった。徐海は返り血で全身を赤黒く染め、奇声を上げながら刀を振るっている。

その生き生きとした姿を見て、俺は何だか嬉しくなった。どう考えてもまともじゃないが、歴史に名を残すのはきっと、徐海のように頭の箍が外れた奴だ。もっとも、ここを生き延びることができたらの話だが。

最後の敵兵を徐海が飛び蹴りで海に叩き落とした直後、見張りが「おい、あれを見ろ！」と叫んだ。

包囲の輪の外に、どこからか湧いて出た十艘ほどの船が見えた。官軍ではない。返り血で汚れた遠眼鏡を取り出す。先頭の船が掲げるのは忘れもしない、陳東の旗だった。

陳東の船団が、俺たちを囲む敵に背後から突っ込んだ。火矢を浴びせられ、敵の船が次々と燃え上がっていく。いきなり挟撃を受けることになった旗船と周囲の敵船が、激しく動揺している。

「今だ、旗船に向かえ！」

荒い息を吐きながら、俺は下知を飛ばした。漕ぎ手たちが残る力を振り絞り、懸命に櫓を動かす。再び走り出した船は、すぐに旗船にぶつかった。

「続けぇ！」

徐海が軽やかに飛び、旗船に乗り移った。俺と兵たちも後に続く。

疲れきっているはずだが、体も刀も異様なほど軽く感じる。一人、二人と斬り伏せると、敵は明らかに怯(ひる)みはじめた。武器を捨てて海に飛び込む者も出はじめている。

甲高い叫び声が響いた。目を向けると、敵の大将らしき男の首を、徐海が飛ばしたところだった。足元に転がってきた首を、俺は落ちていた槍で刺して高く掲げた。どよめきにも似た声が上がり、敵がはっきりとわかるほど戦意を失っていく。敵が崩れはじめた。向かってくる敵船は一艘もいない。こちらにも、追撃する余裕はなかった。

一艘の船が近づいてきた。ひどく損傷していて、大きく傾き、今にも沈みそうだ。

「おおい、助けてくれぇ！」

帆柱にしがみついて叫ぶのは、陳東だった。

「どうする、新五郎？」

「まあ、あいつのおかげで助かったのは確かだ。それに、今さら襲いかかってくる元気も無いだろう」

「そうだな」

縄を下ろし、陳東たちを引き上げてやった。

「そうか、お前たちだったか」

意外そうに言って、陳東は声を上げて笑う。ここに現れる前にも官軍と戦っていたのか、他の兵や水夫も傷だらけだ。

聞けば、官軍の大船団が突如として烈港に攻め寄せてきたのは昨日、三月十一日早朝のことだった。

王直をはじめとする烈港の海賊たちは果敢に迎え撃ったものの衆寡敵せず敗北、港の入口を封鎖され、脱出もかなわなくなった。だがそこで、王直に運が向く。その夜に天候が急変し、激しい風と波に官軍が上陸を見合わせたのだ。

王直はこの隙に態勢を立て直し、今朝になって陳東を先鋒として反撃に打って出た。だが、陳東が敵中に突っ込んで乱戦に持ち込んだところで、王直は直属の船団とともに戦うことなく逃亡したという。

「それから、何とか官軍の囲みを破って王直殿の後を追っていたところで、この戦場に行き当たったのだ」

「つまりは、王直に捨て石にされたってわけか」

「そういうことだ」

甲板に座り込んで寂しげな笑みを浮かべる陳東は、まるで飼い主を見失った子犬のようだ。

「それで、あんたはこれからどうする気だ。王直のもとに帰りたいなら、近くの島で下ろしてやるぞ」

「徐海と言ったな。お前は、俺を殺さんのか？」

「あんたには借りがあるからな。それに、戦う気も無い相手を殺すような奴が、国なんて造れねえよ」

困惑したように徐海を見上げ、陳東はふっと息を吐き、「王直は、我が主にあらず」と漏らした。

「一年前、お前が言った言葉が頭に残り続けている。誰にも縛られない。主は自分自身。それが海賊だ、という言葉が」

「言ったかな、そんなこと」

「俺は、一からやり直す。仲間と船を集め、名を上げ、いつか王直を倒す。どうだ、手を組まぬか？」

「やめとく。俺はもう、あいつの首に興味はねえ」

徐海はあっさりと言い放ち、陳東は「そうか」と口元を緩めた。

二人の話を聞いているうち、俺は王直に恐れ慄（おのの）いていた自分が馬鹿らしくなった。

俺が王として仰ぐなら、手下を捨て石にして自分だけ逃げるような奴よりも、徐海の方がずっとましだ。

「俺たちの国を造ったら」

陳東と手下たちを手近な島で下ろすと、俺は徐海に言った。

「王はお前として、俺は何になるんだ？」

「さあな。大臣か、それとも大将軍ってとこじゃねえか？」

その答えに、俺は声を上げて笑う。

日本ではまともな武士にすらなれなかった俺が、大将軍か。悪くない。思いきって海に飛び出した甲斐があるというものだ。

「さて、これからどうする？」

俺は訊ねた。

「手下どももずいぶん死んじまったからな。一旦、高須に戻るとするか」

「その前に、そこらの港でも襲ってひと暴れしようぜ」

「そりゃいいな」

「それが終わったら、楊酒家で一杯やろう」

俺は踵を返し、出航を命じた。

烈港での戦いからほんの数ヵ月で、海の上の情勢は大きく様変わりした。

烈港を追われた王直は、かねてから日本における拠点としていた平戸（ひらど）に本拠を移している。

五

王直という箍が外れた明国の倭寇たちは無数の集団に分裂し、浙江や福建、広東沿岸で襲撃を繰り返している。後の世に言う、〝嘉靖の大倭寇〟のはじまりである。

もっとも、王直はその力がすっかり失なわれたわけではなく、肥前の松浦党（まつらとう）をはじめとする近隣の勢力を糾合（きゅうごう）し、挽回を図っている。陳東は浙江周辺で暴れ回って名を上げ、広東に移った徐惟学も侮（あなど）り難い。ここに明国の官軍やマラッカを拠点とするポルトガルの勢力も加わり、今や明国周辺の海域は、日本と同じく群雄割拠の戦国乱世となりつつあった。その一方で密貿易はますます盛んになり、諸国を結ぶ海の道は空前の活況を呈している。

官軍を叩いたことで俺たち徐海一味の名は大いに上がったが、あの戦が明国の史書に残ることはないだろう。記されるのはせいぜい、「官軍は烈港を攻め落とし、王直は尻尾を巻いて逃げていった」というところか。まあ、どうでもいいことだが。

あれから、俺たちは浙江沿岸の街や商船を襲いながら高須へ帰還し、今はシャムやルソンといった南海の島々との交易に力を入れていた。陸の上と同じく、戦に必要なのは何といっても銭だ。

年が明け、春が過ぎ去ると、俺たちは再び大陸へ向かい、沿岸の港を襲った。

俺たちが狙うのはあくまで、富裕な商家や役所の倉だ。明国沿岸の街や村には、明国の政に恨みを持つ民が多くいる。そうした連中や、時には仕事に嫌気が差した官軍の兵士までも取り込み、一味はさらに大きく膨れ上がっていた。

俺は船上から、自分たちが襲った港を眺めていた。甲板では、手下たちが奪った財物を積み上げ、宴に興じている。

街の方々からは、幾筋もの黒煙が上がっていた。混乱に乗じた民衆が暴動を起こし、あちこちに火をつけて回っているのだ。

「なあ、新五郎」

隣に立つ徐海が言った。手には大振りな徳利を提げている。

「お前、後悔してないか?」

「何だ、お前らしくもない」

言いながら、俺は眼下の海に視線を向けた。

港の襲撃に先立って沈めた官軍の軍船の残骸(ざんがい)と、無数の敵兵の骸が漂っていた。その周りに見え隠れしているのは、思いがけないご馳走に集まってきた鮫(さめ)たちの背びれだ。

どう足掻(あが)いたところで、俺も徐海も、きっとろくな死に方はしないだろう。その後はああやって海に棄てられて、鮫の餌(えさ)になるだけだ。それならいっそ、思いのままに暴れ回り、どこまで行けるか試してみるのも一興か。

幸か不幸か、日本も明も、どこへ行っても戦だらけだ。いや、どんな世だろうが、人は悪行を積み上げなければ生きてはいけない。善悪も後悔も、あり得たかもしれない別の人生も、すべてはただの足枷(あしかせ)だ。

俺は徐海の酒を奪って一口呷り、高須の遊女から聞きかじった小歌を口ずさんだ。

「何しようぞ、くすんで、一期(いちご)は夢よ、ただ狂え」

意味はわからずとも、響きが面白いのだろう。徐海が笑いながら「何だそりゃ」と首を傾げる。

「この馬鹿でかい明国に喧嘩を売って、もっと馬鹿でかい海を行き来して、自分たちの国を築く。まあ、悪くない夢だ。狭い日本で地面にしがみついて生きるより、よっぽど面白い」

答えると、徐海は満足そうに、「お前もやっと、海賊らしくなったじゃねえか」とげらげら笑う。

その声は、強さを増した海風に掻き消された。

鈴籾（すずもみ）の子ら

武川佑

序

「こりゃなんら」

真新しく木目が光る枡を、色部長実と本庄繁長が覗きこんだ。

籾殻がついたままの米が、半分ほど入っている。すこし赤みがかって、よく肥った米だ。

色部長実が拍子抜けしたようにこちらを見た。故郷揚北の言葉が口をつく。

「糠米じゃねえか」

新発田重家は頷いた。長実につられて揚北言葉になった。

「こんたて、うちの兄の葬式で、遺品からめっけたがな。鈴籾ら」

鈴籾とは、稲の種籾のことである。これを鈴俵という小さな俵に詰めて、百姓の家では天井裏に置いて冬を越す。春先の洪水で水に浸からぬように守るのだ。春がちかづけば鈴撒きといって、種籾を撒く。種籾からでた若緑の苗は、揚北の平野をわたる風にそよぎ、一面の青い海となす。

長実と繁長は顔を見あわせ上座の仏壇へ視線を送った。新発田城によく寄合のように集まる慣習は、兄が死したあともつづいている。今日も三人で車座になって酒をくみかわしていたところ、重家が枡を持ち出したのだ。

「長敦どのの遺品？」

重家の兄、新発田長敦は、揚北衆のなかで顔役だった。かつて揚北衆が御実城・長尾景虎（上杉謙信）に抗したときも、いきり立つ衆をまとめ、長尾家に帰順させた。長尾の居城である春日山城では、武田や織田といった強国相手に取次を務め、決して田舎じみた揚北言葉を喋らなかったのを、重家は覚えている。

本庄繁長が盃の清酒を舐め、珍しく感傷的な声を出した。

「長敦は、てぇしたできぶつだった。ほんね、どうだったんら」

兄は昨年、上杉家の跡継ぎを争う御館の乱が収束した天正八年（一五八〇）、病で死んだことになっている。しかし、御館の乱で揚北衆の恩賞がほとんどなかったことに抗議して自刃して果てた安田顕元とおなじく、恩賞が得られなかった絶望と抗議の意味で自害したというのが、家臣たちのもっぱらの噂だった。

繁長が凄む。繁長は、永禄十一年（一五六八）に武田と結んで長尾に反旗を翻し、鎮圧された過去がある。独立心の強さが揚北衆の証でもある。

「まっこと長敦が腹切ったんあんけぇ、本庄も新発田に与力するろ。わしは謀反にゃ慣れとるすけ」

ここにいる三人とも、御館の乱で得られたのは自らの城の安堵だけで、代わりに長尾上杉家にちかい上田衆ばかりが領地を得た。命を懸けて戦っても得るものがないなら、上杉という御輿を担ぐ理由はもはやない。

「兄は……」

兄・長敦は切腹したどころではない。殺されたのだ。

一里離れた五十公野城から駆けつけた重家が目にしたのは、血だまりのなかに斃れ伏す兄と、討ち果たされた忍びの骸だった。

「兄ッ」

義理の弟の道如斎が、かたわらで返り血を浴び座りこんでいる。虚ろな声が漏れた。

「春日山からの忍びに相異なからん。死の際兄さまは、立つなら新発田のみにしろと。揚北衆を巻きこんではならぬと申されました」

いつでも揚北のことを第一に考える人だった。重家は思わず忍びの骸を蹴りつけた。

「必ず景勝ば討ち果たしてくれる」

兄が遺した走り書きには、鈴籾を守れ、と書いてあった。きっと上杉から上等の鈴籾を奪ったゆえに、報復として殺されたのだ。兄は稲作に適した上中越の種籾の分配と低地の干拓を春日山に請うたが、それすらも容れられたことはなかった。百姓を守るのが武家の定めと重家に説いた兄が、鈴籾をひそかに手に入れようとしても驚きはない。枡の中の小さいけれど肥えた一粒ずつに、兄の命とおなじ重さがある。重家はそう考えた。

事実を知れば、色部も本庄も怒り狂って挙兵するだろう。揚北衆すべてを巻きこむ大乱を、兄は望んでいないはずだ。だから本当のことは話さない。

色部と本庄がこちらにつけば、どんなに心強いだろうと本心では思う。

重家は薄暗い部屋で盃に目を落とした。

「兄は……むかしから労咳を患っていたらすけ……」

信じがたいというように、繁長が眉を釣りあげた。仮名で重家を呼ぶ。

「てんぽこくな、源太」

「てんぽじゃねえこて」

睨みあう二人を、長実が慌てて止めた。

「やっと御家中の争いがきわずいたてば、なんぞおっぱじめなよ」

重家は黙って二人を見比べた。

「景勝が憎いのはオレだすけ、立つのはオレだけでよかろ」二人の手を取り、枡の中の種籾を分け与えた。「兄がめっけた種籾らすけ、きっと丈夫な稲じゃ」

自分が死したあとを託せるのはこの二人しかいない。

死ぬのか。死してもそれでも、抗さぬわけにはいかないと思う。

それが揚北の男だからだ。

「長敦がの……」

色部長実は茶杓筒に入れ、本庄繁長は懐紙に乱雑に入れて丸めた。繁長の指は二本、先が欠けている。一本は長尾景虎に抗したときに、一本は御館の乱で欠けた。

重家の視線に気づいて、繁長は恥ずかしそうに指を引っこめ、ぼそりと言った。

「この、いちがいこき」

いちがいこきとは、意地っ張りとかきかん坊という意味である。

色部長実も頷く。

「んだ」

諦めたような二人の悪口が、優しく聞こえた。

怖れが、重家の胸からかき消えてゆく。

「死に気ねなって、やるしかねぇこて」

一

天正九年、六月。

兄の一周忌のため春日山を辞去した重家は、信濃川を越えると、新発田にまっすぐ向かわず、二王子岳への山道を登っていった。

息子の治時の声が弾んでいる。

「父上と二王子さまに登るのは、いつぶりにございましょう」

「初陣の前じゃからな、気張れよ」

かつて父や兄と何度も登った山道の途中で振り返れば、加治川の流れに点々と船が浮かんでいる。平野は青々として、その向こうに広大な干潟があり、浮島のように高台に立つ新発田城が見えた。干潟の果てに細長い砂洲があり、外海の出口にふたつ並ぶのが沼垂と新潟津の砦だ。霞んで見えないが、佐渡島が見える日もある。

北に目を転じれば、加治川の先に本庄や色部の郷が見えた。

この山からは揚北の地が一望できる。

越後を流れる阿賀野川から北を、阿賀北または揚北と言って、古くから荘園ごとに武士の「党」が割拠する土地であった。色部、本庄、鮎川、中条、黒川、竹俣、五十公野、そして新発田といった党が乱立し、時に和し時に諍い、守護上杉氏や守護代の長尾氏と争ってきた。

山頂の鳥居の前で髻を切り、紙に包んで小さな社に納める。

重家と治時は柏手をうち、山の神々に祈った。

「二王の神さん、オレに力をば貸してくださいませ」

五十公野家に養子に入って治長と名乗っていたころの重家も、長尾家に仕えた。小田原攻めや武田との川中島合戦、手取川合戦など名だたる合戦を戦った。御実城と恐れられた謙信が死んでからも、御館の乱で景勝側について北条三郎景虎の軍勢と戦ったけれども、気づいてみればこの二王子岳から見える範囲の領地が増えたことはなかった。それどころか、同族の加地春綱などは沼垂や蒲原の所領を召しあげられた。

先祖伝来の土地を、侵されてなるものか。

「鐘よ鳴れ」

二王子の山神が願いを聞き入れると、鐘の音がするという。しばらく待った。

耳をすませていた治時が、声をあげる。

「あっ」

山奥から、鐘の音のような、高い清らかな音がする。

幾重にもかさなるその音に耳を傾け、重家は体をひと振るいして、ふたたび山をくだる道を歩いていった。

新発田に入って一月後。ついに重家は表だって反旗を翻した。

引き潮のときを見計らい、干潟を重家は疾駆した。南の山々に入道雲が湧いて、ざっと一雨きた。泥が跳ね、稲妻に遠い海岸線が浮かびあがる。

加治川、阿賀野川、そして信濃川は河口付近で巨大な干潟へと注ぎこみ、春の雪解け水で氾濫をくり返して、季節ごとに流れを変える。

「行ごっ」

顔をあげれば砂洲の上の新潟津が見える。三本の川をたばねる湊で、ここを陥とせば越後の中部、北部の水運を押さえることができる。

「ヤーヤー、ヤトー」

揚北の駿馬にまたがった騎兵が、津波のように押してゆく。

一刻もせずに、新潟津は新発田の手に落ちた。

通り雨が過ぎ、夏場にしては涼しい風が頬を撫でていく。潮が満ちていく干潟の南に、景勝方の蓼沼氏、山吉氏が入る木場城が見えた。

「さあ来い、景勝。新発田に入ったなら、一揉みしてやるぞ」

新潟津を陥として新発田城に戻ると、迎え盆の花市が城下町では開かれていた。

重家を見て、庄屋の喜兵衛が手をあげた。

「殿、首尾よくおめでとうござりまする」

「今年はまた一段と盛っておるな」

喜兵衛は企み顔になって、唇を持ちあげた。

「来年は市が開けないかもと噂して。今年は派手にやっちまおうということですな」

盆の花市は、夏のあいだの百姓の臨時収入になるし、なによりみなが楽しみにしている。重家は喜兵衛の肩を叩いた。

「勘弁な」

なんの、と喜兵衛は肩を竦めた。

人々は晴れの日に浮かれた顔をしてあちこちの屋台をのぞき、百姓が農作業のあいだに丹精こめて作った花を買っていく。白や紅色の菊花が揺れ、あたりには甘い匂いが満ちる。

「オレも兄が盆で戻ってくるすけ。花を買うてまいろうか」

そう言うと、ぱっと喜兵衛の顔が輝いた。

「そっしゃら、ノイの店がよいかと。ノイは御幣指言うて、御幣でさーっと撫でたように花がぱーっぱ咲くんですわ」そうして声を潜めた。「あの鈴籾も、ノイに育てさせておりまする」

重家は、兄の遺した鈴籾の一部を、喜兵衛に託して植えさせていた。

「まことか」

「いまのところぐんぐん伸びて、ほかの苗より拳ひとつ大きゅうございます。あの鈴籾は二王子の神さんの加護がございますな」

そう言われるとノイという者が気になってきた。茣蓙や提灯がならぶ通りを喜兵衛に案内されて歩む。人々がつぎつぎと「殿」と声をかけてきた。

「殿、おらずれ焼き働きはもう御免ら」

「春日山にゃ心気があけて我慢ができねぇおや」

重家はそのたびに一人ひとりと目をあわせ、頷いた。

「みなにも扶持米をたんと配るゆえ、待っておれ」

人混みの向こうにひときわ大きな花輪が飾ってある。あれがノイの店か、と人を手刀でかきわけていくと、年若い娘が茣蓙に座っていた。

喜兵衛の声は朗らかだ。

「これがノイでごぜえます」

重家の諸籠手の戦装束に驚いたように、ノイは首を竦めた。

手拭をほっかむりにし、顔は陽に焼けて、黒々と大きな目がこちらをまっすぐに見る。彼女の後ろには片足がない痩せた男が座っていた。ノイの夫だろう。

重家の視線に気づいて、ノイがようやく口を開いた。

「去年の戦さだわの」

御館の乱か。重家は一瞬言葉に詰まった。

「オレのために、かたじけない」

夫は嬉しそうに歯を見せたが、ノイのほうは不満げに呟いた。

「負けるざまして、強い者ねかかっていぐあんがね」

夫が袖を引く。

「こらノイ！」

どうせ負けるのに強い者にかかっては、駄目ではないか――。カッと怒りがこみあげたが、なんとかこらえようと、重家は桶や鉢へ目を移した。

「……綺麗なもんじゃな」

見たこともないようなまだらの朝顔や、赤い可憐な仙翁の花が咲き乱れていた。春日山の御実城の床の間に飾られていた花ですら、ささやかに感じるほどだった。

重家は鶴が翼を広げたような白い仙翁の花束を見つけた。兄が好きで、兄嫁がいつも床の間に飾っていたのを思いだす。

「一束もらおうか」

ノイは花を渡すとき、不審そうに尋ねてきた。

「あの鈴籾は、どごから。芯があんげえ細っこい稲見たことげねえ」

ノイの黒い瞳が探るようにこちらを見てくる。夫や周囲の者に頭を押され、ノイは不承不承別れの言葉を口にした。

「せぇんなら」

重家はノイの言葉が気にかかった。

鈴籾の株が細いとは奇妙ではないか。兄が悪い種籾を大事に秘しておくはずがない。かならず理由があるはずだ。

城へ戻る道すがら、仙翁の白い花は宵闇に浮かびあがって、鶴が舞うようであった。


その晩、重家のもとを会津蘆名家の重臣・金上盛備が秘かに訪れていた。外で降りしきる秋の長雨に、盛備の驚きの声がまじる。

「なんだと。蘆名の援助を断るというのか」

上杉家中の剛の者と知られた新発田重家が謀反を起こすと聞いて、隣国の伊達や蘆名からの使者は、去年から秘かに新発田を訪れていた。いずれも兵糧や兵の援助を申し出るものだった。

帰参を命じる上杉景勝からの書状を破きながら、重家は言った。

「後詰を受けたら、上杉から、伊達や蘆名の家臣に変わるだけですからの」

単独で生き延びられるほど、乱世は甘くないぞ、と盛備は言いたげに見えた。

「なれば因幡守どのは、誰が為に戦う。まさか義の為などと申すまいな」

ただ怒りのためだ、と思う。怒りが腹に詰まって苦しいのだ。

「亡き御実城さまは義の一字を大事になされていたが、オレは義じゃ腹は膨れませぬ」

時代は着実に移ろいゆく。

いま織田、徳川は武田を食らおうと出陣の準備をしていると聞く。武田が倒れれば上杉はもちろん、つぎは北条、そして奥州も無関係ではいられまい。

ここは蘆名を立ててやるか、と重家は思った。

「上杉が内訌にて揉めては、そちらの御家に迷惑がかかりまする。景勝めに、今年は新発田に兵は差し向けぬとの誓詞を書かせるがよかろう。そうでなくとも景勝めは越中の神保・佐々対応に忙しい。蘆名にとっても新発田を生かすことは、上杉からの防波堤を築くに等しいはず」

盛備はため息をついた。感嘆の裏にある軽視がすけて見えた。

「貴殿をただの揚北武者と侮っていたようだ」

そうだ。誰もが揚北武者は猪武者と馬鹿にして、戦さの最前に投じてきた。

我らが交渉すべきは、織田だ。すでに奪った新潟津には、織田方の越中神保氏からの兵糧や馬が届いている。大身の家の手の内で踊っているようにみせて、その実大身を操っているのは、オレたち国衆なのだぞ、と重家は薄い笑みを投げかけた。

盛備は去り際、こう呟いた。

「来春、我らが越後の主として交渉するのは、貴殿になっているやもな」

「御冗談を」

「しかし内訌をどこで収めるか。なにをもって手打ちとするかは、考えられたほうがよいぞ」

手打ち。それは重家の耳に新鮮さをもって響いた。上杉と新発田、どちらかが斃れるまでだと思っていたが、諸国はそう見ないらしい。

重家は腹に詰まった怒りの遣り(や)どころを考える。

外ではまだ、雨が降りしきっている。

天正九年の秋はそうして過ぎ、景勝は新発田に侵攻してこなかった。新発田領は反逆したまま、上杉領国で独立を保ったのである。

金色の頭(こうべ)を垂れる稲穂の海を渡っていくと、一角が枯れた田があり、前の畦道(あぜみち)にノイと夫、そして喜兵衛が平伏していた。

あの鈴籾は枯れた、と聞いた。

喜兵衛の声ははっきりと震えていた。

「夏の終わりに冷えたのがまずうございまして、その後の長雨で稲が腐ってしまいました」

重家が黙って刀の柄に手をかけると、ノイが顔をあげた。

「もっぺん、やらせてくださりませ。寒さに弱いとわかったすけ、つぎは必ず」

決然とあげた眉の下で、黒々と瞳が輝く。この女も戦っているのだ、とわかった。

重家は刀の柄から手を離した。

「……よかろう」

翌、天正十年。作付けは順調に進み、ふたたび稲穂が垂れるころ、不意打ちのように南から上杉の兵がやってきた。

風向きが変わって、本丸の館の中まで煙の臭いが届いてくる。家臣が飛びこんできた。

「赤橋館のあたりに火をつけられました。五十公野、池ノ端へも敵が回っておりまする」

本丸の高櫓に登って見渡せば、赤黒い炎が地を舐め、黒煙が風下へ流れていく。五十公野は喜兵衛とノイの田畑のあるほうだ。

「兵（へ）ぇ出れっ」

手元の鈴籾はほとんど残っていない。今年の収穫でいいものを選（よ）りすぐって来年の鈴籾とするつもりだった。焼かれては、すべてが水泡に帰す。

一隊を率いて重家が本丸から討って出ると、人々の悲鳴が聞こえてきた。敵の足軽が逃げ惑う百姓を追い回し、突き殺していく。米俵を押し車に満載して畦道をゆく上杉兵を、重家は怒りに任せて鑓（やり）で突いた。

五十公野の郷の入口で、庄屋の家が燃えている。畦道から郷へつづく道に、男が倒れていた。馬を走り寄せると、ノイの夫だった。すでにこと切れて、喉が割け赤い肉が見えていた。

「喜兵衛、ノイ！」

喜兵衛の一家とノイが走って逃れてきた。背負い籠にまだ脱穀していない刈りとった稲束を乱雑に詰めこんであった。

「鈴籾の苗は、焼かれる前（めえ）に刈ってたげぇてきました」

「しかし、おめ、旦那（あんにゃ）が……」

ノイは真っ赤な目で、馬上の重家を見あげた。

「鈴籾は、無事です」

「……わかった。新発田の本城に行ご」

「これを」

ノイが差しだしたのは、乾燥させた紅花粉だった。

新発田城から半里（約二キロメートル）、赤橋館という新発田側の砦を境に、新発田兵と上杉兵は睨みあった。上杉方は色部、本庄ら揚北衆を前衛に出し、火縄銃を撃ちかけてきた。

「竹束ぁ出せ！」

新発田方は袖印をつけない。足軽の一兵にいたるまで、目の際に紅花粉の目化粧を入れ、眦（まなじり）を決した。弾よけの竹束を掲げさせ、前進する。

「弥次郎（やじろう）！　オレに鉄砲撃（ぶ）ってみろ」

竹束から重家が馬を乗りだし、飛びくる鉛玉へ手を掲げると、慌てて敵方が撃つのをやめ、本庄繁長が単騎で馬を進めてきた。

「おめを撃（ぶ）つ筒はねえ」

上杉方の後方から繁長を叱責（しっせき）する声が聞こえてくる。繁長は振り返り怒鳴った。

「あぐらし！　わしが源太と話しとるんじゃ、黙っておれ」繁長は欠けた指で鼻を擤（か）んだ。「あの鈴籾な、枯らしてしもうた。勘弁（かんべ）な。たぶん、ここらの籾らねえ」

重家は頷く。おなじことを考えていた。

「株の増えかたが早え（はえ）」繁長は声をひそめる。「ちゃんと育てば、倍の実入りになっぞ」

重家は頭をさげた。

「悪（わ）ーりねぇ」

馬を返し、繁長はひとりごちるように呟いた。

「胎内川（たいないがわ）の砦に兵糧入れたけれども、新発田めに奪われたら困るわい」

表だっては新発田方につくことはないが、秘かに兵糧を渡すというのか。思わず笑い声が漏（も）れた。

「ははッ」

重家は全兵をふたつに分けた。敵中央前衛にいる揚北衆を避けつつ、左と右から回りこませ、敵の後方を討てと命じる。

「おだあげれ！」

気勢をあげて、味方が敵を迂回（うかい）して突進していく。前衛の揚北衆は動かない。重家が馬を動かしすれ違いざま、馬廻りに囲まれた繁長が欠伸（あくび）をするのが見えた。

前衛がまったく役に立たないことに動揺した景勝本陣では、火縄銃を撃ちかけることもせず、撤退の命がくだされた。慌てて背を見せ後方に退きはじめる。

重家は声を嗄らして叫んだ。

「追え、追え」

鐙を踏んで立ちあがり、騎兵を前に出し横行する。

海からの冷たい風が吹きすさび、新発田の三つ星の旗印が翻った。焼けた田畑に乗り入れ、焦げた藁、生煮えの大根や菜っ葉を踏み散らすそのたびに、胸が張り裂けそうに痛む。

解けた雪から現れた大地を慈しんで種をまき、冷夏の寒さに藁を巻いて守り、ようやく手にする実りを、お前たちは奪った。

許してなるものか。

顔をあげればちかくに二王子岳、飯豊山が青く重なりあう。

山神が見ている。みじめな戦いをしてはならぬ。

撤退する兵に火縄銃を撃ちかければ、斃れた兵へと騎兵が殺到し、馬で踏み散らしてゆく。舞い散る枯草が顔を撫でた。

「景勝、オレを舐めとったろう！」

紺地に金の日の丸を掲げた馬印のもと、大日輪の前立の兜の小柄な人物が振り返る。上杉景勝。春日山で幾度も姿を見た。無口で軍議の際も滅多に口を開かず、彼の思惑を量るのは至難の業だ。

景勝は目を見開き、大音声で怒鳴り返してきた。

「降れ、本能寺の凶報を知らぬわけではなかろう。お主を支える大名はもうおらぬ」

「ああ知っとるぞ」

わずか三ヵ月ほど前の、六月のことだ。

天下を手中に収めようとしていた織田信長が、京都本能寺で明智光秀に討たれた。

その報せを色部長実からの書状で知らされたとき、信じがたかった。織田方とは、越中を佐々成政が切りとり、重家と佐々成政とで景勝を挟撃する内約が成っていた。

しかし主君の死で、織田家中はそれどころではなくなった。

揚北という辺境にいた重家は、とり残された。

会津の蘆名勢の、三つ引き両の旗印が景勝のちかくに見える。蘆名も上杉についたか。景勝の言うとおりだ。オレを支える大名はおらぬ。

喉をせりあがる感情を、必死で飲みこんだ。

「だからなんだ」

一ヵ所に固まって鑓を掲げて抗する敵を、馬上鑓で薙ぎ払い、ひるんだところへ複数でどっと馬を乗りいれる。口を開けて舌を出し、敵を威嚇（いかく）すれば悲鳴があがった。

「鬼新発田！」

悲鳴が耳に心地よい。

景勝は新発田の隣の岩船（いわふね）郡の鮎川盛長（もりなが）に密使を送り、重家を討てば、新発田の地を与えると伝えたという。家臣の高橋掃部介（たかはしかもんのすけ）にも似たような密使がやってきたが、いずれも文書の封すらあけず、重家のもとに届けられた。

高橋掃部介が、さっと重家の脇から躍（おど）り出る。

「盟する大名などなくとも、わしらが因幡守さまを大名に成すぞ」

足軽兵が鐺で地面を打って、応（おう）と返す。

「主は、因幡守さまのみ」

戦場を見渡せば幾千、幾万の動く兜が見え、命のゆらめきを感じた。万億の命を背負ってなお、オレはオレであらねばならぬ。

敵が逃げるさきは、迫（せ）り出した山の斜面が街道を圧迫して、道が土橋のようになっている。馬が二頭並んで通るのがやっとで、小川の注ぎこむ深田が両脇にひろがる。

重家たちは、ここを放生橋（ほうじょうばし）と呼ぶ。

立ちあがったまま馬上鐺を構え、馬を進めた。あと十騎ばかり抜けば、景勝まで届く。

「景勝、いまそちらに参るゆえ、オレと一騎討ちじゃ」

落ち着き払った声が返る。

「気でも狂うたか」

弓懸のついた手で顎を撫でる。

「惜しいかな。オレが機会を与えてやったのに」

さっと手を振ると、深田から鑓が突き出された。敵が驚きの声をあげる。最初からここに伏兵を潜ませていたのだ。

声のかぎりに命じる。

「突き殺せ」

地面を揺るがすような鬨の声をあげて、目尻に朱をさした足軽兵が深田から這いあがる。

敵は、逃げようにも細い道で先陣が動かない。鑓を投げ捨て命乞いをする兵の胴腹を鑓で突けば深田に転がり落ち、二度と這いあがることはない。味方は殺気を鑓の穂先に宿らせ、黙々と敵の後列に殺到し、叫喚があたりに木霊した。

重家は銃兵を前に並べた。

「撃(ぶ)て」

敵の馬廻りが必死で景勝の周りを固め、主君を逃がそうとするが、馬を撃たれ、深田に落ちてゆく。こちらの兵が大将旗に取りついて、景勝の金の日の丸の旗が折れた。

御大将を御守りしろ、という声だけが虚しく響く。

「そうはいくか」

馬の腹を蹴り、自ら最前に出て馬廻りと切り結ぶ。足軽が馬廻りの脚に取りついて引きずり落とした。あと三騎。景勝の大日輪の前立が手の届くほどちかくにある。

が、そこまでだった。放生橋を抜けた景勝が一騎で走りだした。

「逃がすな！」

薄闇が降りてきて、あたりは急速に暗くなっていく。敵の馬廻りが必死の形相(ぎょうそう)で、鑓を振るって立ちふさがった。重家は馬を止めた。

いまさらながら背後にとり残された色部、本庄の揚北衆が押し太鼓を鳴らし、こちらを追撃する動きを見せたのだ。

腹から血を流しながら高橋掃部介が戻り、首を垂れた。

「景勝めを、とり逃しました」

怒鳴りつけたい気持ちを抑え、肩を揺らして息を整える。

「よい。退くぞ」

先に馬を降りて腕を差しあげ、馬に乗っているのが辛そうな掃部介の肩を担ぐ。甲冑の重い体が肩に食い入った。

掃部介が声を詰まらせた。

「殿。かたじけない」

「お主は矢雨もむしゃげねど、初陣前の息子がおるんだすけ」

「殿にも、治時さまがおられるではありませんか」

息子の治時はこの合戦が初陣である。しばらくして赤い目化粧をさした若い武士が戻ってきた。治時だった。荒い息をついて路傍に座りこむ。景勝をとり逃したのを恥じて無言の息子の肩を、優しく叩いた。

重家はみずから鑓を掲げた。

「勝鬨あげろ、色部、本庄の目を覚まさせてやれ」

鉦を打ち鳴らし、味方が甚句を口ずさむ。人々が阿賀野川をくだるときに口ずさむ舟歌の旋律だ。

色部、本庄の兵は距離をとって止まり、呼応して手を打ち鳴らす者すらいた。

最後は重家と高橋掃部介が良(え)い、良いと音頭をとれば、応と声が返る。息子の治時も控えめに鑓を掲げた。

本庄繁長らしき人影が前に進みでて、朗々と声が届いてきた。

「新発田ぁ攻め入らば、因幡守めが、討ち果たす」

「アーソイ、ソイ」

放生橋の合戦で新発田方があげた首は菅名(すがな)但馬守(たじまのかみ)、水原満家(すいばらみついえ)、上野九兵衛(うえのくへえ)ら、数百におよんだ。景勝が危うく首をとられるところだった、という報は越後じゅうに広まった。

そうして冬が来て、越後の大地はひとしく白に染まってゆく。

二

昼から地吹雪(じふぶき)となっている。こうなれば雪が解ける春まで、この地は眠るように静かになる。

月日は過ぎていった。天正十一年の夏にも景勝は攻めてきて、新発田城から一里離れた八幡表(やわたおもて)で合戦となったが、勝敗がつかないまま仕舞となった。五十公野や新発田を焼かれたから、損害はこちらのほうが大きかっただろう。

夏になればときどき色部や本庄の兵が、沼垂や新潟津に襲いかかる以外、景勝自身は出陣を避けるようになった。間諜の報では、佐々成政の越中侵攻が激しくなり、新発田にかかずらう暇がないらしい。

そのあいだ、織田信長亡きあと台頭した羽柴秀吉が、小牧・長久手の合戦で徳川家康と和睦し、天下は秀吉のものとなった。

「誰だよ、羽柴というのは」

聞けば、鼠のように不細工な小男だという。

そんな小男が名だたる諸将をつぎつぎに従えていく。

会津の蘆名は主君の盛隆が家臣に殺され衰退し、佐々成政も秀吉に攻められ、明日をも知れぬ情勢だという。伊達は輝宗が隠居し、いずれ嫡男の梵天丸（政宗）が継ぐそうだ。

天下は刻一刻と動き、報せばかりが重家の手に届く。ここは真白の世界にとじこめられたまま、天下からおきざりにされてゆく。

朝から憂さばらしに一人で飲んでいたが、眠くなってきた。

夢うつつに聞きなれた、酒焼けした声が蘇ってくる。

「はあー、お主、長生きせんぞ」

あれは本庄繁長が上杉家に反逆した、永禄十一年のことだったと思う。胎内川付近で本庄方の兵を追い散らし、本陣へ戻った夜、兄の長敦と輝虎（謙信）のもとへ呼びだされた。感状でも賜るのかと思って胸を高鳴らせた重家に飛んできたのは、酒焼けした甲高い声だった。

「わかっておるのか、ん？」

白い行者頭巾を被った主君は、平伏する重家に顔を寄せた。酒のにおいが鼻の奥に届く。兄の長敦が止めるのも聞かず、重家は顔をあげて、主君を見あげた。

御実城さまと呼ばれる主君は、赤らみ、釣りあがった目を眇めた。

「繁長が羨ましいと思ったろう。その目は逆心の目らや。父上は上条定憲の乱では、中条とともに新発田一党を討ち果たす願文を、書いておった」

「新発田はじめ、揚北一党、悉く人質を出し、御実城さまに忠誠を誓ってございますれば」

兄が重家の頭を押さえつけ、声を震わせる。動揺のあまり揚北言葉がまじった。

ほんとうは、自在に兵を操り、揚北衆を率いて上杉方に挑む繁長を見て、腹の底が疼いていた。揚北の男は、頭を押さえつけられては生きられぬ。

輝虎は、漆（うるし）の酒器に酒を注いで呷（あお）った。

「越後上杉は足利（あしかが）将軍家を奉じ、関東管領として務めを果たさねばならぬ。お主らは手足となる。さすれば、わしがのうなっても、天下は回ってゆく。わかるか重家」

空になった徳利が、転がる音がした。重家の手から落ちた音だった。

目を開けば薄暗く、外の地吹雪の唸（うな）り声が聞こえるだけだ。

「天下とは……わかりませぬ、御実城さま」

あのとき、自分はなんと答えただろう。

足利将軍家はとうに織田信長に追放され、その信長は本能寺で露（つゆ）と消えた。かわりに名も知らぬ男が天下の采配を握り、強大な力でほかの大名を従えようとしている。景勝も、秀吉に恭順の意を示したというではないか。いずれは上洛し、頭をさげるのだろう。

なぜさげる？　戦さに負けたならともかく、戦ってもいない相手に。

さげたとして、京など遠い国にいる将軍だか関白（かんぱく）だか太閤（たいこう）だか、ともかくその人が新発田のことなど、顧（かえり）みてくださるのか。間延びした言葉を喋る田舎者と嘲（あざけ）って、田畑でも耕しておれ、と思うのではないか。

鈴籾を、枯れさせずに育ててくれるのか。

「オレが……やらねば」

身を起こすと、火鉢の炭が白くなって、寒々とした静寂があるばかりだ。

高橋掃部介の息子の鴨之助が、部屋に膳を持ってやってきた。掃部介は放生橋の合戦で負った傷が悪化して、合戦の晩に亡くなった。若くして高橋家を担うことになった鴨之助は、新発田城の支城である池ノ端城をよく守っている。

「ノイという女が、炊いて殿に供せと米を持って参りました」

勢いよく戸板を開け放ち、中庭に積もった雪に顔を突っこむ。鴨之助が驚いた声をあげるのを聞きながら雪中で顔を振れば、痛みに似た冷たさが酔いを吹き飛ばした。

「食う」

椀に盛られた米は、いつもの玄米ではなく、姫飯だった。そのぶん目減りしているはずだが、丸く太って、粒の一つひとつが大きく、先が立っている。箸で一口、運べば甘い。口のなかに甘みがひろがって、牛の乳を飲んでいるかのような風味がある。

ふいに目頭が熱くなった。

ノイめ、やりおった。

「鴨之助、食いや」

「はあ……」

主君の意図が飲みこめず、戸惑いながら鴨之助は口に飯を運ぶ。口に入れるや目を見開いて、こちらを見てきた。

「これは、まことに米でございますか」

「米じゃ。これをオレは、新発田じゅうの、いや、揚北じゅうの田に植えたい。みな腹いっぱい食わせてやりたい」

飢えないようにしてやりたい。だからいまのままでは足りぬ、と思った。

鴨之助はにっこり笑って言う。

「殿はそのままでいてくださりませ。殿だから、みなついていきたいのです」

重家は一人で五十公野のノイの元へ雪を漕いでいった。

郷への道には、左右に積みあげられた雪洞のなかに、ぽつぽつと灯り(あか)がともされていた。

地吹雪はおさまり、粉雪が落ちてくる。雲の薄くなったところから、わずかな月光が射す。夜が払われ、真昼のように明るくなる。裏の林の雪が落ちる音以外、なにも聞こえなかった。

喜兵衛の屋敷の裏、小作人の小屋に重家は回った。間男のようだな、と苦笑いが漏れる。

ノイは藁に埋もれて藁縄を編んでいた。

「夜這いにまいった」

冗談にも真顔で、はあ、と答える。まだ若いから誘いもたくさんあろうに、と言おうかと思ったが、この女には世辞は必要ないのだと思いなおした。

「鈴籾の米。旨かった」

「まことにござりまするか」

くたびれた女の顔が、ぱっと輝く。ノイは早口で言った。

「来年は一反に植えられるくらい穫れたがの。あの鈴籾には山の神さまの御加護がござります。今度こそ焼かれぬよう、鈴籾はあちこちに隠してございまする」

美しいな、と重家は鼻の下を掻いた。

「その鈴籾、本庄と色部へ分けてやってくれぬか。お主の育て方を教えてやってほしい」

はじめノイは、よくわからない顔をしていた。それが新発田の外へ行けという命だと悟ると、こちらを凝視してきた。

郷を出たことのなかった女が初めて、外の世界を見にいく。

ノイは深々と頭をさげた。声が震えていた。

「こって嬉しかね」

――俺も外の世界が見たい。

三

天正十三年。閏八月。

朝廷の使者がやってくることは、危険を冒して胎内川を渡ってきた色部長実が、先んじて報せてくれた。上杉と新発田の争いを憂慮し、和議を斡旋してくれるのだという。

長実は、いつになく強い口調で重家に迫った。

「最初で最後の和睦だ。所望れね。堪えろ」

和議が成ろうとも破談になろうとも、越中はもう耐えられぬ。佐々成政は降伏するであろう。積年の敵が片づけば、景勝は北国街道を南下して上洛する。そうすればどうなるか。

上杉方の間者を警戒してか、唸るような長実の声は小さい。

「上洛が成りゃ景勝は、必ずお主の誅罰を関白に請う。そうなりゃ仕舞やれえ。関白が和議の仲介をするなんて、ほかにねえ。柴田も徳川も、織田の息たちもやりんむり潰してきた男が、おめを買っとるら」

「それは、北条のお陰じゃ」

長実は眉を寄せた。

「……北条の？」

もし佐々をくだし、越後の騒乱が収まって「無事」とならば、残るのは島津の治める九州、北条の治める関東、そしていまだ群雄割拠する奥州だ。

「新発田は会津にも関東にも出やすいところにある。関白はオレや揚北衆を、北条攻め、奥州攻めの先兵に使いたい。だからオレを生かすんじゃ」

長実はしばらく絶句していた。

「おめ、ほんね源太か？」

徳利を抱いて寝ているときに、なんとなく見えた。揚北から日の本を見ていては、なにもわからない。亡き御実城が見ていたものに依って、外側から揚北を見れば、空から見おろすように、天下が見えてくる。

会ったこともない関白秀吉の考えが、わかるような気がする。金上盛備がいつか言った手打ちとは、こういうことか。

「新発田は膝を折ろう」

目の前に座った白地狩衣の男を、重家は見た。男は、秀吉の依頼を受けた京都粟田口青蓮院宮尊朝法親王の使いの長谷三位という貴族だと聞いた。流れる汗に白粉がはげかけている。

夏の終わりから秋にかけ、南風が強く暑い日がときどきある。

「越後は涼しいと聞いていたが、暑いのう」

唄うような抑揚だった。これが京の公家言葉か。集中しなければなんと言っているのかわからない。

新発田一族郎党が集まった板間の先頭で、重家は頭をさげたまま頷く。額の汗が板間に落ちるのを見ていた。

「は……」

長谷三位は、金地に松の枝が描かれた扇を閉じた。

「知っておると思うが、この七月に豊臣秀吉どのが関白に任じられ、武家はすべて豊臣どのの帷幄にはいった。みだりに兵を動かすこと罷りならぬ。関白どのは越州の騒乱にいたく心を痛めておられる」

「は……某(それがし)も心を痛めておりまする。ゆえに、関白さまの御命に従いて、和議を結ぼうと存じまする」

「余は嬉しいぞ」長谷三位は扇を開いて仰ぎ、はたと気づいた顔をした。「関白どのより、別途書状を預かって参った」

低頭して書状を受けとれば、大きな仮名文字が飛びこんできた。漢字を書けぬ百姓あがりの男だというのは、本当らしい。

余計な前書きを省き、「あのすずもみ、いかがであるか」と書いてあった。

「鈴籾――」

つづく文には、鈴籾は信長に命じられ、自分が播州(ばんしゅう)の育ちの生え抜きの稲を送ったこと、寒さに弱いゆえ、藁を敷いて育てるべきこと、さらに育ちのよい稲どうしを掛けあわせれば、よりたくさんの実入りが見こめるだろう、と書かれていた。

あの鈴籾は、景勝から盗んだのではなく、織田から得たものだったのか。

兄・長敦はずっと前から、織田に通じていたというのか。それも、戦う途(みち)を選ぶのではなく、稲を育てることで、上杉を凌駕(りょうが)しようとしたがために、汚いやりかたで殺された。

書状を持つ手が震え、額の汗が雁皮紙(がんぴし)に落ちて滲んだ。秀吉も兄も、自分よりずっと先を見ている。

和議を受ければ、国造りができる。堤防を築き、干潟を耕作地とすることも可能だ。

退屈そうにする長谷三位へ、重家は掠れ声を絞りだした。

「なにとぞ、三位さま。上杉にも和議の件、しかと伝えてくだされ。わしは矛を納める用意があると」

重家の熱に気圧され、長谷三位はたじろいだ。

「う、うむ」

しかし。四ヵ月も経て、景勝からもたらされた返答は次のようであった。

「国家の鴆毒、蒼生の医養調いがたし」

国家の毒となる重家のあるかぎり、人々を養い、平和を保つことはできないというのである。

景勝に和睦の意志はない。重家には敵の気持ちがよくわかった。越後の国を保つためには、新発田打倒は悲願である。それが大名たるすべなのだ。景勝が大名たらんとするほど、重家とぶつかりあい、並び立つことはない。

「景勝……ッ」

天正十四年、まだ雪が解けきる前から、重家は景勝方の城を攻めたが、激しい抵抗に遭い、撃破された。

五月には景勝が上洛。種を撒き、やっと芽が出た田畑を上杉方は踏み荒らし、七月には甘糟（あまかす）、山吉、蓼沼らの兵が新潟津、沼垂を陥とし、海上への道が封鎖された。

八月には豊臣方の軍監を伴い、景勝が侵攻してきた。軍監の木村吉清（きむらよしきよ）は、戦装束のまま新発田城にやってきて、重家に問うた。

「なぜ降らぬ」

木村吉清の後ろで、上杉方が田畑を焼く煙が流れていた。

「……ただひとつ、願いがございまする」

「申してみよ」

その夏は海からの風が異常に熱く、わずかに残った稲も、通常の半分から七割ほどの大きさにしかならなかった。新発田城には百姓たちが避難してごった返し、このまま冬が訪れれば兵糧は春まで持たぬ。

「来年の刈り入れが終わるまで、待ってくださいませぬか」

容れられねば、抗するのみだ。

木村吉清はしばし黙って、唸り声とともにこう答えた。

「己の首より田畑か。物好きな奴よ」

豊臣秀吉は、書状で諸将に伝えた。

「この上は新発田儀、討ち果たさるべきことに専一に候」

新発田討伐の命はくだされた。天正十五年の雪解けとともに景勝が動きだした。

色部家から戻ったノイと、重家は、三つの枡を用意した。鈴籾の花に、新発田に元からあった稲を受粉させてできた、新種の種籾がようやく実ったのだ。色部長実の考えでは、寒さに強く、この地に適した株となるはずだ。

「鈴籾でのうて、新しい名前をつけなくてはな」

俵の前で平伏していたノイが顔をあげた。

「新発田、と」

枡の一つを本庄へ。一つを色部へ。そして最後に残った枡を、新発田の一反の田に植えた。うまくゆけば、新しい米づくりが軌道に乗る。

支城の水原城を陥とし、景勝はいったん春日山に戻り、八月に軍備を整えて再出撃した。まだ薄黄色の田のなかを、一万を超える軍勢は進んでいった。

「あと二月、いや一月でいい」

新発田城、五十公野城、池ノ端城を囲まれ、重家は耐えた。眼下に広がる田が黄金色に色づくまで。兵糧はもう尽きた。女子供はひそかに城から逃がし、山の中腹の根小屋に避難させた。

そして八月末の満月の夜、田で動くかすかな人影があり、一反の田は刈りとられた。

天正十五年の十月。

天正九年の蜂起から、六年の歳月が過ぎていた。

六年も抗する者は、豊臣の成す天下には邪魔なのだ。それはもう、わかっている。

紅花粉を水で溶いて目の際に塗る。長く息を吐けば、怒りが肚の底に落ちてゆく。

むかし関東攻めのときに被った、金の福禄寿（ふくろくじゅ）の前立の兜を被り、金白檀縅（きんびゃくだんおどし）の素懸（すがけ）鎧（よろい）、背に白色の母衣（ほろ）をつけた。

この景色を、なるたけ焼きたくない、と思う。

どこまでも折り重なる、金色の田。ぽつぽつと郷ごとの鎮守の森があり、強い風に木々が揺れている。わずか一里先に五十公野城があり、黒煙が長くたなびいて、二王子の山に消えている。昨晩、五十公野城は陥ち、妹婿の道如斎は討ち取られたと聞いた。支城はもう、池ノ端城くらいしか残っていない。

西には阿賀野の湿地があり、境目なく海へとつながって、まだ見ぬいずれの国へもつづいているのだろう。

天下が平穏になれば、大きな船が新潟津にも寄港し、能登（のと）、四国、淡路（あわじ）の海を渡って京へあがることになるかもしれない。京だけでなく、さらに東へも進むだろう。

いつか、来るだろう。

それが見られないのが、たまらなく悔しい。

「参ろうか」

城の南の大手、猿橋口（さるはしぐち）に向かえば、城を囲む敵の多さに、味方がどよめく。前衛に三つ山の家紋。直江兼続（なおえかねつぐ）の馬印だ。脇に色部、本庄の旗もあった。

「人質でも取ったつもりか」

放生橋合戦のときのように、揚北衆が日和見（ひよりみ）をすることはない。正面に斬りこめば、揚北の兵同士が戦うことになる。

それだけは避ける。

「我らの武を天下に轟（とどろ）かす刻（とき）ぞ」

「ヤーヤー、ヤトー」

重家は一千の兵を率い、猿橋口から飛びだした。

すぐに火縄銃が撃ちかけられた。どれも馬を狙っている。馬が前膝をつき、兵が投げだされた。川中島の合戦から三十年。弓矢から鑓、そして火縄銃へと戦さは変わった。

「変わらぬのは、人の心の業火だけだ」

竹束を据えさせ、至近距離で撃ちあう。竹束を弾が貫通し、重家の隣にいた馬廻りが頭を割られて崩れ落ちる。竹束の隙間から覗けば、敵がじりじりと前進してくるのが見えた。馬廻りが重家に退くよう進言した。

「押されておりまする」

かまわず重家は馬の腹を蹴って、竹束のあいだから躍り出た。敵左翼が動き、支城の池ノ端城との連携を塞ごうと街道を遮断している。池ノ端城に入るのは鴨之助だ。父の仇を討たんといまごろ目尻に朱を差しているだろう。犬死させてはならぬ。

騎兵が、敵の横腹へいっせいに突っこんだ。身を低くして撃ちこまれる弾を避け、敵足軽の口蓋に馬上鑓を突き入れれば、衝撃に二の腕が軋んだ。力任せに薙いで、鑓を振りあげ、勢いをつけて兜ごと叩き割る。

「オレの道をば開けよ」

どこで天下を見誤った。

木村吉清が「物好きな奴よ」と嘲ったときか。膝を折れば、命が助かったか。命など。

新しき種籾に比べれば、安い。

足軽の進みが遅い。あたりまえだ。もう城に兵糧は残っていない。みな血走った眼を見開き、戦場で気力だけで立っている。ようやく銃兵が追いついた。竹束を据え、引き金を引く。青白い煙であたりが霞んだ。敵の呻き声だけが聞こえてくる。敵の動きもわからぬまま次射を命じた。三射。青白い煙幕が風で流され、斃れ伏す敵が見えた。足軽を動かし、竹束から討って出る。横たわり、起きあがろうとする敵を踏み散らし、鑓で突き殺した。

「揚北衆は動いたか」

振り返れば、新発田城から矢の雨が射かけられるのが見えた。城から矢を射ろとは言っていない。治時が命じたのか。

そのうちの一本が長く飛び、敵陣へ落ちてゆく。

「矢文か」

敵へ射こむ矢文の内容など、知れている。内応する者がいるに違いない。

横行した敵が、重家の行く手を遮るように突進してくる。正面からぶつかる。すれ違いざまに鑓を横に傾け、敵騎兵の胴腹に当てれば、敵が重家の袖に手を伸ばして、摑みあいになった。鑓で敵の体ごと押しかえし、のけぞったところを、太刀を抜いて太い頸を切る。ぬるい血飛沫を正面から浴びた。

「白母衣が因幡守ぞ、殺せ」

馬の脚が止まり、つづけざまに突進してきた敵足軽に馬の腹を刺され、大きく立ちあがったのを、鐙を踏んで堪える。そのまま馬の前脚で足軽の頭を踏みつけ、割った。足軽がひるんでざっと退いたところへ、太刀で斬りこんで三、四人を殺した。

そのとき、馬が悲鳴をあげて脚を折った。

「オレを殺せると思うてか！」

馬から飛び降り、猛るままに突きだされた鑓を脇で挟んで、力任せに足軽を体ごと投げとばす。そこへ味方が駆けつけて乱戦になった。母衣を摑まれ、二人がかりで重家は引きずり倒された。頭上で短刀が煌めいた。

「殿を守れ」

味方が腕を摑んで、引き戻す。何人もの足軽が前に立ちはだかり、身を挺して重家を守った。鑓に胴を突かれて息絶える者の、断末魔の絶叫が重家の耳に届いて、思わず唇を嚙んだ。

城から退き太鼓が鳴らされている。

家臣が差しだした馬に跨り、重家は敵正面で微動だにしない直江兼続の三つ山の旗を睨みつけた。

「……退け」

後方にいる景勝に声を飛ばす。

「因幡守重家、決して膝を折らぬ」

敵陣から、景勝の激怒する声が返った。

「六年もの専横、赦しはせぬ」

猿橋口から二の丸に戻れば、嫡男の治時が険しい顔で迎えた。

「某が退却を命じました」

息子の肩を優しく叩く。全身が汗にまみれ、目の前が白滅した。

「よい判断だった。門を固めよ」

勢いに乗じ、敵は二の丸に殺到した。土塁を駆け登ろうとする敵に火縄銃を撃ちかけ、石を落として応戦した。重家は椀で水を飲み干すと、休むまもなく二の丸にとどまり、土塁で防戦する味方に声をかけて回った。

治時が耳打ちをしてきた。

「父上、御味方に内応ありとの噂が」

「知っておる」

いまそれが誰かを詰問する時間はない。

堀底は攻め寄せる敵兵の死骸で埋まり、なお梯子をかけて土塁を登りくる。陽が沈むころ、ようやく攻め手が止んだ。西の海に最後の陽が残って煌めくのを、重家はうつろに見つめ、全身を弛緩させた。

「手打ちの刻か」


夜半、叫び声で重家は目を覚ました。北西の搦手口が明るくなっている。

「畜生」

もたれかかっていた土塀を蹴り、重家は搦手口へ走った。土塁下に潜んだ敵が、長柄の先に松明をつけ、果敢に築地を乗り越えようとしている。重家はみずから搦手口を開いて土塁を駆けた。空腹で足がもつれ、危うく土塁から落ちそうになる。矢狭間から矢を射かけさせ、なんとか防いだとき、今度は二の丸で鬨の声が起こった。

こちらの夜襲は囮だったか。二の丸はもう持つまい。

「本丸へ退け」

唇を嚙んで、重家は本丸への細い土橋を渡った。本丸周りは二重堀になっていて、簡単には陥とせない。敵もそれを知って、本丸へは入ってこなかった。

重家と郎党は本丸で持ちこたえた。後詰はない。ただ籠るばかりだ。

曇天のもと、雪が落ちてきそうな寒さのなか、汗が体温を奪って手がかじかむ。硝煙に焼かれ、喉が痛んだ。

重家は、自ら築地を乗り越えて、掛けられた梯子を反対側に蹴った。敵兵が堀底に落ち、石の下敷きになる。死体を取り除き、土塁を登りくる敵は尽きることがない。空腹で眩暈がする。築地から身を乗りだし、指揮を執っていた治時が頭の側面を撃たれ、武者走りからもんどり打って転がり落ちた。駆け寄って抱き起すと、震える手で重家の腕を弱く摑む。

苦しげに唇が動いた。

「ち……うえ」

「許せ、治時」

懐刀を喉に押しあて、一息に引く。血の海のなかで治時は絶命した。

夜には霙まじりの小雨が降り、堀底の死体や重家の体をひとしく濡らしていった。

そうして三日目の日が昇る。本丸に立て籠った兵は誰一人逃げようとせず、朱の目尻で重家を出迎えた。

「最期まで、よう仕えてくれた。揚北の士らしく、名を残そうぞ」

名だけでも残せば、人は忘れはしまい。ここで、ひとつの国が成ろうとしていたこ

とを。

できるのはもう、それだけだ。

重家は本丸出口から討って出た。本丸正面に布陣していた色部長実の隊に飛びこ

む。太刀は抜かず、目は前を見ていた。

先陣を切って走ってくる、色部長実と本庄繁長の姿が、ぼんやりと目に映る。

「源太ァ、天下はどうじゃった」

腹になにかが差しこまれる。柄を握ればそれが鑓であるとわかった。自らの腹から

流れでる血に手が濡れた。

口元に笑みが浮かんだ。揚北言葉が口をつく。

「強げらったろも、手応えがねかったてば」

二つ、重なる声がある。

「この。いちがいこき」

◇

薄闇の空に宵の明星が輝きはじめ、転びながらノイは山頂の鳥居にたどり着いた。

あたりには石積みがいくつもある。百姓が登るごとに豊作を祈って積みあげていったもので、いくつかはノイがかつて夫と積んだはずだ。

「ああっ、勘弁してくんなせ」

石が崩れる乾いた音に、ノイは泣きながら鳥居に縋った。目の前に小さな社があり、そこには干からびた髪のようなものが散らばっていた。

全身の力を振り絞って、手をあわせ祈る。

「神さま。重家さまを……重家さまを……」

新発田因幡守重家さまを御守りくださいませ、と願おうとした。声は、途切れた。堪えていた涙が溢れ、袋を抱く。角がほつれ、種籾が落ちた。膝をついて手が岩で擦れるのもかまわず、かき集めた。

重家がほんとうに祈ってほしいことが、ノイにはわかる。

「どうか新発田の種籾を。来年こそゆたかに実らせてくんなせや」

遠い山から、神が鳴らす鐘の音が聞こえている。

蠅

澤田瞳子

東山より吹き降ろす熱風は、六条坊門通にかかる橋を渡った途端、口の中がざらつくほどの土埃を孕んだ。同時に無数の蠅の羽音に似た喧騒がどっと顔を叩き、暁旬はまだ板葺きも真新しい橋の真ん中に棒立ちになった。

「おおい、どけどけ。邪魔だ、邪魔だ」

けたたましい怒声に目を上げれば、空の叺を荷台に積み上げた荷車が三輛、がらがらと車軸を鳴らして橋の東から駆けてくる。あわてて欄干に身を寄せて車を避け、法衣の胸に手を当てて、懸命に息を整える。まったく、これが同じ京か——とのつぶやきが、おのずと口をついた。

暁旬が童子の頃より暮らしてきた九条大路の東寺は、ここから南西に二里（約八キロメートル）の距離。弘法大師空海を開基と仰ぐ大寺の暮らしが浮世と大きく隔たっていることは、青坊主の身ではあれど嫌というほど知っている。約一年前、内野の聚楽第が破却された際には、相役の従僧たちと誘い合わせて上京まで見物に出かけたし、禿頭を頭巾で隠して二条柳町の遊里を覗き見したことも、一度や二度ではないためだ。だがそんな暁旬の目にも、橋の向こうに広がる新大仏（方広寺）作事場のやかましさは、まるで国じゅうの喧騒をひとところに集めたかにも映った。

鴨川の土手下には板葺きの小屋が何十棟もひしめき合い、東山・阿弥陀ケ峰へと続く斜を埋め尽くしている。その向こうには貫をあらわにした塀が長々と延び、山と見まごうほどに巨大な大仏殿の裾を飾っていた。

目を凝らせば、その屋根はまだ瓦下地がむき出しで、裸木で組まれた足場が一面を覆っている。しかしそんな雑駁な光景を差し引いても、てらてらと丹を光らせた伽藍の威容は、まるで山峰から昇る朝日もかくやの眩さであった。

橋を渡り切り、緩やかな登り坂を進むにつれ、辺りに漂う土埃は更に激しさを増して行く。いずれは堂宇が建てられるのだろう。がらんと広い空き地には荷車が次々と出入りしており、あるものは山のように積み上げられた木材を運び出し、あるものは太い縄の束をどすどすと地面に放り出す。

あちこちの瓦窯から噴き上がる煙に咳き込みながら、暁旬は傍らを通りがかった髭面の男を呼び止めた。

「恐れ入ります。興山上人さまはどちらにおいでデでしょうか」

「さあ、知らねえなあ。なにせこの作事場に、ご出家は数え切れねえほどいるからよ」

手足といわず、頰といわず、小さな火傷の跡を刻んだ鍛冶と思しき男は、そっけなく言って、足早にその場を立ち去ろうとした。

「ご存知ないはずはありますまい。豊太閤さまのご下命を受け、大仏本願を仰せつけられたご高僧でいらっしゃいますぞ」

あわてて袖を引っ摑んだ暁旬に、鍛冶はちっと舌打ちをした。傷だらけの手で暁旬を振り払い、「馬鹿を言え。大仏本願と言やあ、ここじゃ木食応其さまと決まってらあな」と声を荒らげた。

「木食さま……と仰いますと」

「知らねえのかい。新大仏建造のため、七百人もの手下を率いてはるばる高野山からお越しになった坊さまだ。それ、今ちょうど、あそこで内衆がたと行かれるお方がそれさ」

鍛冶が顎をしゃくる方角に目をやれば、従僧を引き連れた六十がらみの猫背の僧侶が、けたたましい声でしゃべりたてながら普請場を横切っていく。ただ草鞋に脛巾を巻き、墨染の直綴の袖をからげて二の腕を剝き出しにした姿は粗野で、およそ数百人の配下を従える高僧とは思い難かった。

「おおい、応其さま。ご上人さまァ」

鍛冶はいきなり両手を口に当て、一行に向かって呼びかけた。おっとばかり足を止めた老僧に向かい、「このお坊様が興山上人さまってお方をお探しですけど、存知よりのお人でございますかい」と喚いた。

鍛冶の不作法に、暁旬はあわてて男を制そうとした。だが応其と呼ばれた僧侶は突然の呼びかけに驚いた様子も見せず、

「なんじゃ。おぬしは知らなんだか。興山上人とは他ならぬわしの別号じゃよ」

と、磊落な口調で応じた。

暁旬が師である東寺長者・尭雅に教えられた限りでは、興山上人はもとは近江国・佐々木氏の出という。三十歳を過ぎてから遁世して高野山の客僧となった後、かの山を攻めようとした豊臣秀吉への恭順の意を告げる使僧に抜擢。それがきっかけで豊太閤の厚い信頼を得た人物のはずだ。

興山上人の号は、彼が興した高野山内の興山寺に基づき、当今から賜ったもの。ただ和歌や連歌を嗜み、十年に亘る新大仏建造の本願に抜擢された高僧が、こんな粗野

な人物であろうものか。

　絶句した暁旬に、応其はわずかに首をひねった。しかしすぐにおおと声を上げて両手を揉みしだき、「もしやおぬし、東寺長者さまの元より遣わされた者か」と足早にこちらに近づいてきた。

「うむうむ、尭雅さまより話は聞いておるぞ。普請勧進のあれこれを学ばせるため、坊主を一人、こちらに遣わすとな」

「は、はい。さようでございます。暁旬と申します」

　慌てて頭を垂れながら、暁旬は上目遣いに応其をうかがった。

　間近で見れば、からげた袖はそこここが擦り切れ、胸元から膝にかけてべったり泥がこびりついている。それが癖なのか、しきりに両手を揉み合わせる姿は落ち着きがなく、その面相はいったいどこの工匠かと疑うほど、真っ黒に日焼けしている。

　師僧の下命とはいえ、こんな人物の元で働くのかとの落胆が、胸の底でことりと音を立てた。

「おおい、理徳院。理徳院はおるか」

　けたたましく呼び立てながら、応其は内衆を顧みた。はい、という応えとともに駆け寄ってきた四十がらみの僧に、「理徳院。おぬし、こやつの面倒を見てやってくれ」と有無を言わさぬ口調で命じた。

「かしこまりました。以前仰せられた、東寺さまよりの預り弟子でございますな」

意志の強そうな目で暁旬を顧み、僧侶は落ち着いた口ぶりで応じた。洗い晒されてはいるが清潔な身ごしらえといい、すっきりと伸びた背筋といい、むしろこちらの方が大仏勧進に相応しいたたずまいであった。

「おお、そうじゃ。東寺の衆は作事にはとんと不案内と聞くでな。よろしく引き回してやってくれ」

暁旬が東寺長者・尭雅の居室に召されたのは、十日前であった。

創建より八百年に及ぶ歴史の中で、東寺は幾度となく火災や天災に遭ってきた。中でも文明十八年（一四八六）の大火の被害は甚だしく、被災から百年余りを経ながらも、いまだ金堂や中門、僧房や回廊など再建の目処が立たない伽藍も多い。

豊臣秀吉の命を受け、鴨川東の地でもう十年も新大仏造営勧進役を務めている興山上人は、これまでに東大寺真言院や丹生高野両大明明神社などほうぼうの社寺の修造を行ってきた大勧進。尭雅は新大仏完成の暁には、彼に諸堂再建に協力してもらう約束を取り付けているらしいが、勧進を迎える東寺側が普請に不案内では話にならない。

つつがない復興のためにも、誰かが興山上人のもとで作事を学ばねばならぬ、と師僧から告げられ、暁旬の胸は高鳴った。二十名を超える東寺長者従僧の中で、もっとも若い自分が抜擢された事実に、誇らしさすら覚えもした。——それなのに。

「それにしても、こんな普請場で興山上人さまとはくすぐったい。番匠や人足どもはみな、わしを応其さまと呼んでくれるでな。おぬしもさようにしてくれよ」

またも胸前で両手を揉み、応其は忙しく踵を返した。内衆に矢継ぎ早な指示を下しながら歩み去る背には、やはり大勧進の威厳なぞどこにもうかがわれなかった。

「驚いたか」

胸の裡を読まれた思いで飛び上がった暁旬に、かたわらの理徳院が含み笑った。

「初めて応其さまに会うた人はみな、面食らった顔をする。とはいえ、おぬしもすぐに慣れるだろうよ」

人足が練り土を突き固める築地塀の向こうに顎をしゃくり、理徳院は暁旬をうながして歩き出した。

「理徳院さまは応其さまにお仕えして、長いのですか」

作りかけの塀の向こうには、幅五間（約九メートル）長さ二十間ほどの三階屋が建てられている。理徳院はその三和土で草鞋を解きながら、「そうだな。あのお方が初めて高野山に来られて以来だから、かれこれ二十余年になるな」と応じた。

長棟の一階にはずらりと文机が並べられ、僧侶が七、八人、山のような帳簿を見比べ、忙しく書き物をしている。あちらこちらに放り出された図面の一枚を引っ摑み、傍らの相役と唾を飛ばして激論している者もいた。

「ここは我らの詰所だ。二階から上は小間に分かれており、内衆はみなそこで寝起きしている。おぬしも空いている部屋を勝手に使うがいい」

「はい、ありがとうございます」

「応其さまはなにせ、お忙しいお方だ。分からぬことは、拙僧かあそこにおる遍照院に聞くがいい。この普請場内の出来事は、おおむねどちらかが把握しているでな」

そう言って理徳院が目で指した先では、三十がらみの瘦身の僧侶が片手でがしがしと頭を搔きむしりながら、帳面を繰っている。理徳院の声が聞こえているだろうに、こちらを一瞥もせぬその態度に、暁旬は改めて、これは大変なところに来たと溜息をついた。

「まずは普請場の様子を見おぼえてもらわねばな。空き部屋に荷を置き、辺りをひと巡りして来るとよかろう」

「ありがとうございます。では、そうさせていただきます」

理徳院が案内してくれるのかと思ったが、適当な空き部屋に背の荷を放り込んで駆け戻れば、すでにその姿はない。暁旬は軽く舌打ちをして、三和土に脱ぎ捨てられていた草履をつっかけた。

午ノ刻（昼十二時）間近な作事場には、中食を使う人足を当て込んだ物売りがうろうろし、どこからともなく旨そうな煮炊きの匂いが漂ってくる。見物の衆だろう。腰の曲がった老人とその孫と思しき少年が、物珍しげに四囲を見回しながら大仏殿の方へ歩いていく。その好奇に満ち溢れた姿が、いまの暁旬にはいささか腹立たしく映った。

東寺では廿一口方、学衆方、鎮守八幡宮方といった様々な組織が評定を行い、寺の運営を行う。その上で衆僧は三綱の統率の下、厳しい序列が課せられ、身分の秩序を超えての長者への直答などは決して許されない。それがこの作事場ではどうだ。大勧進たる応其は一介の鍛冶にすら親しく声をかけ、鍛冶の側もそれに応えて憚らない。

（太閤さまは、あんなお人のどこがよくて重用なさっているのやら）

豊太閤秀吉が最初に造寺を発願したのは、今から十四年前。非業の死を遂げた主・織田信長の法要を紫野の大徳寺で盛大に行った後、信長の位牌所を改めて、天正寺なる寺を創建しようとしたのである。その計画が大仏造営に変更され、現在の阿弥陀ケ峰に移されたのは、秀吉が天下の覇権を掌握し、関白に任ぜられた半年後。その翌々年には、秀吉は諸国に刀狩令を出し、集めた刀脇差は大仏建立の釘鎹に作り替えるため、天下の百姓は来世までも救われようと申し渡したという。

天下を掌握した太閤は、きっと世俗の地位にあきたらず、人々の来世まで支配せんと考えたのだろう。とはいえ物心ついた頃より、都屈指の大寺に起き居する暁旬の眼には、何もかもが真新しく騒がしいこの地は、ひどく軽佻と映る。ただその作事に学び、応其の力を借りなければ、東寺の再興が成らぬのも真実だ。

「どれ、新大仏さまとやらを拝んでくるか」

自分自身に言い聞かせるように、暁旬は声に出した。

通常、仏像は堂舎と並行して作られ、完成後、堂宇に収められる。だが丈六丈（約十八メートル）もの大仏ともなるとそうはいかず、まず露天に大仏を作り、その後、周囲に仏殿を作る。つまり仏殿がほぼ完成している今、本尊たる大仏はとっくに出来上がっている道理だ。

加えて、今回創建される新大仏は、漆喰作り。工期短縮のため、明国から工人を招いて拵えたと仄聞するだけに、すでに堂内荘厳まで済んでいるに違いない。

広大な堂前にはいずれは石が敷き詰められ、美しい前栽が整えられるのだろう。しかし今は普請場内の広場同様、様々な資材が足の踏み場もなく積み上げられ、人足たちが忙し気に走り回っている。

先ほどの老爺と孫が、行き交う男たちを避けながら大仏殿に近づいてゆく。その足が石積の基壇に拵えられた階にかかったとき、「おおい、駄目だ。駄目だぞ」という叫びがして、一人の青年が物陰から飛び出してきた。

派手な縫いの小袖の上に、丁子紋を織りなした羽織を重ね着している。およそ埃っぽい普請場には似つかわしからぬ、傾いた身ごしらえであった。

「大仏さまはまだ造作の途中だ。普請に関わりなき者は、入れんぞ」

そんな、と口を尖らせたのは、老爺の手を引いた少年だった。

「いったいそれは、どういうわけですか。我々は三条大路の宿屋の主から、普請の邪魔にさえならなければ参拝が出来ると聞いてきたのです」

西国訛りのある少年の反論に、青年は「いいや、そりゃ間違いだ」と居丈高に言い放った。

「ただ、どうしてもお姿を拝したいと言うなら、手はあるぞ。六条坊門橋の東袂に、真喜屋という絵屋があってな。その店ではどうしても新大仏さまを拝みたいというお人のために、現在のお姿を描き絵にして売っているぞ。なにせ開眼供養前だけにいささか値は張るが、都の土産にはもってこいでは——」

「こらあッ、また菊千世どのかッ」

雷かと疑うほどの胴間声が、突然、青年の言葉を遮った。驚いて顧みれば、太い眉を吊り上げた理徳院が、裾を乱して大仏殿に向かって駆けてゆく。

阿修羅もかくやのその形相に、菊千世と呼ばれた青年はげっというような声を上げて逃げ出そうとした。だが理徳院はむずと猿臂を伸ばしてその襟首を摑み、「今度という今度は許しませんぞッ」と怒鳴った。

「またも参拝の衆を阻んだ上、その信心に付け込んで銭を稼ごうとは。今度こそ応其さまにお願いして、紀州に送り返していただきますぞ」

「ちょっ、ちょっとした出来心だよ、理徳院。なあ、見逃してくれよ」

理徳院の剣幕に狼狽したのだろう。少年と老爺は顔を見合わせ、怯えた様子で広場を飛び出してゆく。その後ろ姿に一つ溜息をつき、「なりません」と理徳院はますます声を荒らげた。

「坊門橋袂の絵屋の女主と菊千世どのがいい仲でいらっしゃるぐらい、拙僧とて承知しております。実の孫が新大仏を用いて、女の店を繁盛させていると世に知れれば、た。

逃げ出そうと手足をばたつかせる菊千世の襟を摑んだまま、理徳院は暁旬を顧みた。

「ちょうどよかった、暁旬どの。その辺りから縄を二尺（約六十センチメートル）ほど切り取ってきてくだされ」

「待ってくれよ、理徳院。この新大仏さまのご普請じゃ、お祖父さまだって大枚の銭を太閤さまからお預かりし、そのうちの何分かは自分の懐に入れていなさるんだ。普請役の大名衆がそれを指し、お祖父さまを蝿の応其と呼んでいることは、あんただって承知だろう？　だったら俺が小銭を稼いだからって怒られるのは、道理に合わないじゃないか」

「応其さまの蓄財は、今後始まる他寺の再興のため。菊千世どのの如く、遊び惚けるための銭ではありませんッ」

顔じゅうを口にして怒鳴り、理徳院は暁旬が恐る恐る差し出した縄をひったくった。菊千世を手早く後ろ手に縛り上げ、肩を小突いて歩き出した。

三十を過ぎて出家した応其には、俗世に置いて行った妻子がいたのだろう。この菊千世はどうやら、その子が生した孫らしい。

二人の後を追って先ほどの長棟まで来れば、折しも応其が上がり框に腰をかけ、草鞋を脱ごうとしている。理徳院はその足元に、縄をかけたままの菊千世を突き飛ばした。あわてて飛び退く他の内衆には目もくれず、

「応其さま。また菊千世どのが、悪だくみを働かれましたぞ」

と怒りを押し殺した声で告げた。

「ふうむ。今度はなにをしよった」

爪先を揺らして草鞋を蹴り離し、応其は驚いた風もなく菊千世と理徳院を見比べた。

「新大仏さまを拝もうとする旅の衆を押しとどめ、例の娘が営む絵屋の絵を売りつけようとなさいました」

「ほう。それはまた商才があるな」

あまりに暢気な呟きに、理徳院の眉尻が跳ね上がる。応其はそれを面白そうに見やると、

「まあ、確かに褒められた話ではないわなあ。前回は新大仏さまを拝もうとする旅人に、法外な案内料をふっかけよったしな」

と付け加えた。

「とはいえ、理徳院。我らの第一の務めは、新大仏さまの造作。それを妨げたわけでない以上、さほど目くじらを立てずともよかろう。それに菊千世が新大仏さまを用いて悪だくみを働けるのも、もはやこれで最後じゃ。新大仏さまの開眼供養日が、遂に再来月と定まったでな」

えっという驚きの声を上げたのは、理徳院だけではない。彼らを取り囲んでいた内衆や三和土の菊千世、更には長室の奥で相変わらず頭を掻きむしっていた遍照院までが、一斉に応其の面上に目をやった。

「そ、それは本当でございますか」

声をわななかせる理徳院に、応其はにやりと笑った。

「おお。先ほど大仏方・堂舎方の棟梁どもと相談を打ち、あとひと月余りで間違いなく大仏殿・大仏さまともに完成するとの見通しが立ったのじゃ。初めてこの地に基壇を築いてから、すでに八年。まったく、長きに亘る作事であったのう」

おめでとうございます、という声が内衆の間から沸き起こる。それに鷹揚にうなずいてから、応其は足元に転がされたままの菊千世を抱き起こした。

「そういうわけじゃで、菊千世。おぬしの小銭稼ぎも、この辺りでおしまいにしろよ。だいたいおぬし、父母には学問をすると申して、わしを頼ってきたのじゃろうが」

「学問はするだけはしたさ。けどどうしても、それで身を立てる気になれないだけだよ」

「ならばいっそ、絵屋に婿入りするのも悪くあるまい。お伊予とか申したか。早くに父母を亡くし、一人で店を切り盛りしておる感心な娘だそうではないか。開眼会が済めば、わしはこの普請場を畳んで東寺に参る。それまでによく考えておけよ」

応其に縛めを解かれるや、菊千世はちっと舌打ちをして立ち上がった。考えておくさ、と言い捨てて、後も見ずに長棟を飛び出して行った。

「さあて、これからは普請と合わせて、大仏供養の支度にも取り掛からねばならぬ。ますます忙しくなるぞ。覚悟しておけよ」

嬉し気に両手を揉むその動きが、誇らしげな顔とは裏腹にひどく卑しく、暁旬には感じられた。

いざ内衆に交じって寝起きを始めれば、新大仏作事場の日々は暁旬の理解をはるかに超えることだらけであった。

長棟には棟梁や肝煎（副棟梁）が日夜を問わず出入りし、時には応其と膝を連ねて飯を食っていく。その一方で応其が普請役の諸大名の屋敷に自ら足を運び、米や作料（人件費）を荷車に積んで受け取って来ることもあった。

平の大工や人足が長棟を訪うことは、さすがにない。しかし応其は働きのよい番匠・人足の顔はちゃんと見おぼえているらしく、普請場で行き会えば親しく声をかけ、息災かと問うのであった。

菊千世はあれから後も普請場をうろつき回り、人足に交じって賽子を振ったり、物売りの娘をからかったりしてふらふらと日を過ごしている。それでいて夕刻には決まって鴨河原へと続く坂を下っていくのは、恋人が暮らす絵屋をねぐらにしているためだ。

上人と呼ばれるほどの僧侶が自ら銭を手にすることも信じられなければ、放蕩者の孫の出入りを許していることも信じられない。

いや、それ以前に、幾ら天下一の権勢者が相手とはいえ、高野山を代表する高僧がもう十年も秀吉の言うがままに働いていること自体が、そもそも奇妙ではないか。寺院とは本来、世俗の埒外の存在のはずなのに。

「そりゃあ、うちの大勧進さまは蝿の応其と呼ばれるほどのお人だからな。愛想のよさでは右に出る者はおらんさ」

ある夜、深更過ぎの長室で、大仏開眼供養の日程を諸大名に告げ知らせる触状を書きながら、理徳院は暁旬にそう囁いた。

暁旬が不審を目に走らせたのに気づいたのか、理徳院は握りしめていた筆を硯に戻した。胸の前で素速く、両手を揉み合わせた。

「それ、応其さまは事あるごとにこうやって、手もみをなさるだろう。それが蠅が手を擦るしぐさに似ているため、普請役の大名衆が最初にそう仇名をつけられたのだ」

それは一介の高野山僧でありながら、太閤の信頼を受け、新大仏の作事を一手に任された応其への嫉妬から生まれた蔑称だろう。しかしその言葉を応其の御内である理徳院が口にしたことに、暁旬は少なからず驚いた。

高野山内には法会祈禱や学問を専らとする学侶と、堂塔や資財の管理を役目とする行人の二つの集団があると聞く。そして作事に関わっている以上、理徳院や遍照院といった内衆たちは、みな行人の出のはずだ。

他国から高野山に入寺した応其は、本来、学侶・行人どちらにも属さぬ客僧。だが応其はそれにもかかわらず、秀吉から高野山全山の束ねを申し付けられ、

――高野の木食と存ずべからず。木食が高野と存ずべし旨、各衆僧に申し聞かすべきとの言葉まで賜ったという。

（そういえば高野山では先だって、寺内の制度が改められたと尭雅さまが仰っていたな）

それまで高野山では東寺同様に、年預・大集会・五番衆といった僧侶の集団がそれぞれ会議を行い、寺内の運営を図っていた。さりながら数年前、高野山は突如これを改め、寺内十ケ院から成る集儀衆を制定。山内の事項は、すべてこの集儀衆により定められるようになったはずだ。

衆僧の評定によって寺内運営を図るのは、各寺の古よりの習い。それがたった十院による簡略な会議のみによって運営されるようになるとは、寺の自治が奪われることと同義である。現在の高野山においては、そんな改革は当然、応其の力なくしては行い得ず、行人たちが内心、彼に反発を抱いていても何の不思議もない。むしろそんな内衆たちをまとめて、よくもこれまで作事を続けてきたものだと、暁旬はほとほと感じ入った。

（蠅か――）

初めて六条坊門橋を渡った際に聞いた喧騒を、暁旬は思い出した。もはや普請場の騒々しさに慣れた耳には、虫の羽音そっくりの喧騒は感じ取れない。だが腐肉や汚物にたかり、懸命に手を擦る蠅の姿は、内衆や大名たちの悪意の中で作事に勤しむ応其のそれに、なるほどひどく近い気がした。

「ああ、それにしても暑いな。いったい、今、何刻(なんどき)だ」

額に滲んだ汗を袖の端で拭い、理徳院はふうと肩で大きな息をついた。

「さあ。よく分かりませんが、とっくに子(ね)の刻（夜十二時）は過ぎたかと。この分では、夜が白み始めても、すべての触状は書き終わりませんね」

広い長棟の中は闇に沈み、文机を向い合せた曉旬と理徳院の手許だけが、灯明の明かりにぼうっと明るんでいる。

太閤の威信をかけた大作事だけに、八月十八日の大仏開眼の折は、開眼師は天台(てんだい)、導師は法相(ほっそう)、呪願師(じゅがんし)は真言の各宗から招聘(しょうへい)すると定まっている。列席者は、大名だけで五十余名。公卿や各社寺の衆を含めれば、未曾有の大法会となることは間違いない。

「しかたがない。残りの触状は、明朝、遍照院に手伝ってもらうとして、今夜はそろそろ休むか」

理徳院が早くも筆を置き、ふわあ、と大きなあくびをした。

「いいのですか」

「ああ。あ奴は筆が早いからな」

硯箱を閉じ、理徳院が手許の灯明を摘み消そうとしたその時である。まるで伸ばされた指を拒むかのように、灯火がふわりと揺らめいた。

え、と曉旬が目を瞬かせたのと、尻の下に激しい衝撃が走ったのはほぼ同時。一瞬遅れて目の前の文机が跳ね上がり、蓋をしたばかりの硯箱が真っ黒な墨を吹き散らして、壁に向かって吹っ飛んだ。

「じ、地震だッ」

悲鳴を上げて立ち上がろうとした理徳院が、何者かに足をひっぱられたかの如くその場に倒れ込む。目の前の板壁が激しい軋みとともに振動し、ばらばらと黒い埃が雨あられと目の前に舞い落ちてきた。うわああッという叫びが階上で響いたのは、すでに休んでいる内衆のものだろう。

逃げねば、と思うのに、床はまるで荒ぶる波そっくりに蠢動し、這うことすらままならない。それでも目の前に落ちてきた灯明の火を、力任せに手のひらで叩き消したのは、完成間近な作事場で火を出してはならぬとの思いが、咄嗟に頭をよぎったからだった。

壁際に並んでいた棚が轟音とともに倒れ、閉め切っていたはずの板戸が勝手に開く。声にならぬ叫びが口をつき、曉旬はかたわらの理徳院とひしと手を取り合った。

そうしてどれだけの間、揺れる床に突っ伏していたのだろう。あたりが静まり返った気がして顔を上げれば、顔を蒼白に変じた内衆たちが奥の梯子段を次々降りてくるところであった。

「とにかく外じゃ。みな、外に出ろ」

応其の怒声に背を叩かれ、裸足のまま駆け出せば、中天には満に二、三日足りぬ月がかかり、白々とした月影を境内に降りこぼしている。先ほどの大地の鳴動が嘘の如き静謐な光に、暁旬は狐につままれた気分で四囲を見回した。

だが夢を見たわけではない証拠に、長棟の前にそびえていた築地塀はばったりと倒れ、夜目にも白い土埃が辺りに濛々と満ちている。そこここで木材や俵が崩れ、寝小屋から褌一つで飛び出してきた人足たちが、恐ろしげに身を寄せ合っていた。

「みな、無事か。怪我をしている者はおらぬか。――うわッ」

応其の点呼を妨げるように、またも地面が大きくうねる。今度は立っていられぬほどの揺れではなかったが、それでも内衆の中にはひえっと悲鳴を上げて、その場に突っ伏す者もいた。

「この分では、まだまだ揺れは続こうな。今夜は屋内に入らぬほうがよさそうじゃ」

応其はそう呟いて、土煙に覆われた大仏殿に目を据えた。

「堂内の様子が案じられはするが、遠望する限り大仏殿は無為（無事）。されば大仏さまにも、さしたる被害は出ておるまい。下手に松明を灯して堂宇に踏み入り、火なぞ出しては太閤さまに申し訳が立たぬ。まずは手分けして作事場を見回り、日が昇り次第、各堂内を改めるとしよう」

そうこうする間にも、地面はしきりにうなりを立てて揺れ、その都度、普請場のそこここから何かが崩れる音が響く。斜の果て、坊門橋の袂付近や洛中の方角に小さな炎が二つ三つと揺らめき、あっという間に黒々たる煙が空を焦がし始めたのは、倒壊した家屋から火が出たためだろう。

（そうだ、東寺は――）

東寺の堂宇の中には、築造から百年を超えた伽藍も数多い。激しい不安を覚え、暁旬が夜陰の果てに目をこらした時、

「お、お祖父さま。お祖父さまッ」

という絶叫とともに、夜着の裾を尻っぱしょりした菊千世が坂を駆け上がってきた。

「お、お伊予が家の下敷きになっちまったんだ。人足か番匠たちを貸してくれよ」

「なんだと」

応其は深い皺の刻まれた顔を、はっとひきしめた。だがすぐに強く唇を引き結ぶと、「いいや、それは出来ぬ」と小さく首を横に振った。

「この作事場の人手はみな、新大仏さまを作り奉るためのもの。まだ揺れも続き、普請場内の見回りに手を尽くさねばならぬ今、他所の人助けに手は貸せん」

「なんだって。お伊予はまだ、生きているんだぞ。今のうちに助け出さなきゃ、隣家から出た火が移っちまう。お祖父さまはそれを見殺しにしろっていうのかい」

「死なせたくて死なせるわけではない。されど、わしはこの寺の大勧進じゃ。太閤さまのご下命を受け、大仏さまを作り奉るのが役目である以上、いつまた激しい揺れが来るか分からぬ中、寺外の人助けに手は貸せん」

「ち、畜生ッ」

菊千世は燃えるような目で、応其を睨み据えた。

「そ、それでも、お祖父さまは坊主なのかい。この野郎ッ」

と叫ぶや、両手を振り回して、元来た坂を駆け下って行った。

暗がりにみるみる溶け入るその背と応其を見比べ、理徳院が「よろしいのですか」と低く問う。

「しかたがなかろう。我らが第一に守るべきは、太閤さま御願の御寺じゃ」

と応じて、応其はまだまだ白む気配のない夜空に目を据えた。

「それにしても、先ほどの揺れは酷かったな。太閤さまもさぞかし、新大仏さまに恙（つつが）ないか案じておられよう。理徳院、おぬし、急いで伏見（ふしみ）に下り、当寺の無事をお知らせして参れ」

かしこまりました、と低頭して、理徳院が立ち上がる。ありあう草鞋と脛巾で足ごしらえすると、菊千世を追うかのように斜を降りて行った。

しかしながら応其の予想とは裏腹に、夜明けを待って扉を開いた大仏殿内は、およそ無事とは程遠い惨状であった。

「これは――」

先頭を切って仏堂に飛び込んだ応其が絶句したのも、無理はない。高さ六丈を超える大仏は無残に傾き、与願印を結んだ左手は肘（ひじ）から折れて、床に叩き付けられている。御像の額といわず、体軀（たいく）といわず、全身に走った巨大な皹（ひび）に、暁旬は夜空を焦がしていた黒煙を想起した。

新大仏は漆喰作り。表面に黒漆を塗り、金箔（きんぱく）を施しているだけに、鋳造仏（ちゅうぞうぶつ）より衝撃に弱いのは仕方がない。しかし夜が明けるのを待って改めた大仏殿にも中門にもなんの被害もないというのに、大仏だけが無残に大破するとは不条理にもほどがある。

よく目を凝らせば、御像の背後に立てられている後光（光背）はわずかな欠けもなく、無事。だが左手を失い、そこここに亀裂を走らせた大仏の無残さの前には、金蒔絵を施された後光の輝きは、むしろ侘しさしか感じさせなかった。

「ち、畜生。なぜじゃ、なぜ仏殿はこれっぽっちも損なわれておらぬと申すに、御像だけがこのような――」

獣の咆哮に似た呻きを上げ、応其はその場に膝をついた。床じゅうに散った大仏の左手指を這いつくばるようにしてかき集めるや、「扉を、扉を閉ざせッ」と吼え立てた。

「それに、作事場から畳表を持って来い。御像を包み奉るのじゃ」

顧みれば、大きく開け放たれた大仏殿の戸口には番匠や人足がひしめき、傾いた大仏に好奇の目を向けている。

「聞こえなんだのか。扉を閉ざせッ。御像をこれ以上、人目にさらしてなるものかッ」

血を吐くに似たその絶叫に、暁旬は弾かれたように大仏殿の入り口に走った。獅子を厚く彫り成した桟唐戸に手をかけると、抗議の声を上げる番匠たちを力任せに締め出した。

応其はそれを一顧だにせぬまま、痩せた背を激しく波打たせ、冷たい石敷きの床に突っ伏している。それを遠巻きにする内衆たちの影が、辺りに長く伸びていた。

夕刻、普請場に戻ってきた理徳院によれば、伏見城の被害は新大仏作事場の比ではなく、大天守から御城御門、各櫓は大半が倒壊……無事な殿舎を探す方が難しく、白み始めた空に怪我人たちの呻きがこだまする様は、まさに地獄もかくやと思われたという。

「幸い、太閤さまはご無事でいらっしゃいましたが、ご家来衆の死者は数え切れぬご様子……お城下でもそこここの大名屋敷の長倉や屋形が幾棟も崩れ、あちこちの道がふさがってしもうておりました」

ご禁裏では御車寄とその近隣の長廊が倒壊し、主上は南庭に動座。また洛中の諸寺のうち、被害を受けなかった寺は一ヵ寺となく、ことに東寺は食堂・講堂・灌頂院などの諸伽藍を筆頭に、四囲の築地までが倒れたとの知らせに、応其は「そうか」と肩を落とした。

「太閤さまのお住まいまで顚倒したことを思えば、大仏さまが崩れただけで済んだのは、まだ幸いだったのかもしれんな」

然であった。

とはいえ、それが心の底からの思いでないことは、応其の暗鬱な面を見れば一目瞭
肝心要の大仏が大破した以上、大仏供養は延引するしかない。幸い、普請場内には死人こそ出なかったが、内衆たちの暮らす長棟を筆頭に、傾き、半壊した仮屋は数知れない。水脈が変わったのか、井戸の水が涸れ、人足たちがぜえぜえと息を切らせながら鴨川まで水を汲みに行く姿が、そこここで散見された。

「伏見の御城では、五百人ものお女中が長屋の下敷きになって亡くなったそうだ」

「洛中洛外から運ばれてきた死骸のせいで、鳥辺野はいま焼いても焼いても骸が尽きず、五条坂あたりまで死体が積み上げられておるんだと」

そんな不穏な囁きが飛び交う作事場の中を、曉旬は理徳院に命じられるまま、地震の後片付けに奔走した。

半日だけ暇をもらって戻った東寺は、崩れた堂宇が九条大路から丸見えとなり、まるで裸身一つで天下の往来に放り出されたかのような無残な有様であった。幸い、寺内に出火はなく、尭雅はかろうじて残った御影堂に座を移していた。

「まあ、どのみち、中門や金堂は再建せねばならなんだのだ。建て直す堂宇が少し増えただけと思えば諦めもつく。新大仏さまも大変なことになったと仄聞するが、こう

なれば一日も早くかの地の作事を終わらせ、この寺に興山上人さまをお連れしてくれよ」

目通りを願い出た暁旬に、尭雅はそうほろ苦く笑い、こちらのことは案じるな、と付け加えた。

とはいえ新大仏の損傷が明らかになって以来、作事場には暗鬱な気配が漂い、人足たちの口数も驚くほど減った。それでも応其だけは仮屋の修繕に励む彼らの間を駆けまわり、懸命な激励を続けているものの、抜けるような青空にこだまするその声は、かえって普請場の者たちの落胆を際立たせるばかりであった。

崩れた大仏をどう修繕するのか。番匠たちはあれこれ知恵を絞っているが、なにせ全体に罅が入っている以上、修復には莫大な日数がかかる。ひと月、ふた月と日が経っても、なおも小さな地震が続く中、そもそも同じ工法で大仏を作り直すのは正しいのか。新たに築造された長棟に番匠たちが寄り集まり、応其や遍照院とともに図面を前に鳩首（きゅうしゅ）する姿が、毎夜、見かけられた。

「おい、明朝からは手の空いた者はみな、鋤鍬（すきくわ）を持って大仏殿に行け。大仏さまを破却すると定まったからな」

前日から伏見に呼び召されていた応其が、長棟に戻るなり居丈高にそう命じたのは、地震から五ヵ月後。年の瀬も押し迫った、師走(しわす)の末であった。

　まだ日没までは相当の間があるにもかかわらず、開け放たれたままの板戸の向こうに見える作事場は、もはや日暮れかと疑うほどに薄暗い。身を切るような寒風に乗って、白いものが長棟の三和土にまで吹き込んでいた。

「破却、破却でございますと」

　思わず声を上げた暁旬に、「おお」と応其はぶっきらぼうに首肯した。

　この数ヵ月、応其の眼の下には常に深い隈が浮かび、心なしか肩までが薄くなった。蓑(みの)を脱ぎ捨て、寒そうに揉み手を繰り返しながら、「太閤さまのご下命じゃ」と付け加えた。

「ただ、壊すだけではないぞ。その後、信濃(しなの)国善光寺(ぜんこうじ)のご本尊たる如来(にょらい)さまを、大仏殿にお移しすることになったでな」

　とっさに何を言われたのか理解できず、暁旬は内衆たちと顔を見合わせた。そんな中で真っ先に、「つまり、大仏造像をもはや諦め、善光寺の如来さまを当寺本尊となすとの意味でございますか」と硬い声音で問うたのは、理徳院であった。

「おお、その通りじゃ。なんでも数日前より太閤さまの夢の中に、善光寺の如来さまが相次いでお立ちになられたそうでな。ついに一昨日の夜には、東山・阿弥陀ケ峰の麓に行きたいと、はっきり仰せられたそうじゃ」

理徳院の眉間に、深い皺が寄る。応其はそれには知らぬ顔で、「太閤さまご自身が、霊夢に従うことにしたいと仰ったのじゃ」と続けた。

「この十年、大仏さまのために働いてきたおぬしらには、様々な異論があろうとは承知しておる。されど太閤さまのご下命とあれば、従うしかなかろうが」

善光寺本尊である阿弥陀如来像は、釈迦が在世の折、天竺（インド）毘舎離国の長者であった月蓋のもとに現出した阿弥陀如来・観音菩薩・勢至菩薩の三仏を金銅で鋳出したと伝えられる一光三尊の阿弥陀仏。百済を経て、日本に渡来した後、推古天皇十年（六〇二）、摂津国難波津から信濃国に安置されたとの伝承を有する。

三国伝来というたぐい稀なる縁起のため、この如来像は古来、多くの貴賤の信仰を集めており、永禄元年（一五五八）には、甲斐国の名将・武田信玄の命令により信濃国から甲斐に動座。信玄の没後、美濃国に運ばれたこともあったが、その後、再度、甲斐に戻されていた。

「甲斐は山深き国。ご動座は雪が解け切った、来春以降になろう。それまでの間に大仏殿内をすっかり清め、つつがないご動座に備えるぞ」

「お待ちください、応其さま。いかに太閤さまの仰せとはいえ、こうも易々とご本尊を入れ替えるのは、さすがに道理に合いますまい。応其さまには新大仏さま勧進の意地はおありではないのですか」

理徳院がたまりかねた面もちで、応其にひと膝、詰め寄った。

「だいたい、善光寺如来さまは丈一尺三寸（約三十六センチメートル）。かように小さなご本尊を据えるには、あの大仏殿は大きすぎましょう」

壮麗な中門、長い築地塀もすべては丈六丈余りの巨大な大仏を華々しく荘厳せんがための造作。十年もの歳月を費やしてきた作事の本尊を、今更、遠方の他寺から招聘した外仏に替えては棟梁たちも得心すまい、と理徳院は怒りを押し殺した声で畳みかけた。

「――理徳院。おぬし、太閤さまのご下命に背くつもりか」

理徳院は唇を引き結んで、いいえ、と首を横に振った。

「太閤さまに対して、違背の念なぞ抱いてはおりません。されどそのご下命を唯々(いい)諾々(だくだく)と受けて来られた応其さまには、到底、従いかねましてございます」

「なんじゃと」

「お考え直しください、応其さま。そなたさまは今や、高野全山を担う御身。それが太閤さまのご下命に容易に従うとは、高野山の名に傷をつける行いでもあるのですぞ」

かつて豊臣秀吉が高野山を攻めた折、高野山は武具の放棄と謀反悪逆人放逐、更には仏事専念を誓うことで、かろうじて寺としての存続を認められた。武力を失い、骨抜きにされた高野山にとって、応其を大勧進とする新寺の造営は一山を挙げての作事。その本尊を気まぐれに替えることは、自分たちのこれまでの精進を踏みにじるも同様だ、と語る理徳院に、周囲の内衆たちが堅い顔で、「そ、その通りでございます」と賛同した。

「ここで善光寺の如来をご動座するのであれば、最初からそのように作事を進めればよかったのではありませぬか」

「まったくでございます。太閤さまはこれほどの行人が御山（高野山）から遣わされている事実を、どうお考えなのでございます。どうしても本尊を挿げ替えたいと仰せであれば、いっそ高野のお山からふさわしき御像を招聘すればいいものを」

応其はしばらくの間、眉の端を釣り上げたまま、ぎょろりとした目を宙に据えていた。だが突然、「う――うるさいッ。黙れ、黙れッ」と喚くと、床を踏み鳴らしてその場に跳ね立った。

「黙っていれば、好き勝手をぬかしよってッ。現在、高野山の預りを命じられておるのは、他ならぬわしじゃぞ。そのわしが太閤さまのご下命に従うと申しておるのじゃ。たかが行人の身で、つべこべぬかすなッ」

「たかが行人でございますと」

内衆たちの顔から、申し合わせたように血の気が引く。応其は胸の前でいらいらと手をもみしだきながら、「おお」と大きくうなずいた。

「十一年前、わしが和議の使者に立っておらなんだら、今頃、高野は根来（ねごろ）や粉河（こかわ）同様に火を放たれ、堂舎の一宇も残らぬ有様であったじゃろうよ。わしのおかげで今日まで命永らえながら、つべこべ申すでないッ」

わしのやり方に異のある者はさっさと去れ、と吐き捨て、応其は激しく肩を上下させた。

「されどその折は、わしではなく太閤さまの怒りを買うものとよくよく承知しておけよ。おぬしらも存じておる通り、太閤さまは気短なお方じゃ。ましてやここのところ、お体の工合がすぐれず、ご勘気甚だしき折、どんな目に遭おうとも覚悟は出来ておるのじゃろうな」

年が明ければ六十一歳になる秀吉が、時折、癇癪（かんしゃく）を爆発させることは、都人たちには周知の事実である。昨年の秋には、関白職を譲った甥の秀次（ひでつぐ）に切腹を命じたばかりか、その妻妾子女約四十名を三条河原で処刑した件も、いまだ人々の記憶に新しい。

理徳院は大きな唇をぐいと噛みしめ、応其を睨みつけた。その背後に居並んでいた内衆が、一人また一人と居心地悪げに肩をすくめ、こそこそと長棟を出て行く。

わなわなと眉の端を震わせながら、理徳院はそんな同輩の背に眼を走らせた。だがやがて大きく肩で一つ息をつき、「わかりました」と声をかすれさせた。

「太閤さまのご気性を思えば、確かに拙僧が浅慮(せんりょ)でございました。どうぞお許しください」

「わ、わかったなら、それでよいわい」

唇の端にこびりついた唾を手の甲で拭い、応其は踵を返した。

「お待ちください。一つだけ、お伝えせねばならぬことがございます。菊千世どのの件でございます」

なに、と呟いて、応其が足を止める。理徳院は氷を含んだかのような冷たい音吐(おんと)で、「実は昨夜、菊千世どのがこっそり拙僧を訪ねて来られましてな。これより都を離れるとの仰せでございました」と続けた。

五ヵ月前の地震の夜以来、作事場で菊千世の姿を目にすることはぱたりと絶えていた。六条坊門橋袂の絵屋は、近隣の家々ともども火災に見舞われ、主である娘も行方知れずになっていただけに、内心、孫の去就を案じていたのだろう。応其は「あ奴、生きておったのか」と安堵の息をついた。

「はい。ですが菊千世どのは、金輪際(こんりんざい)、応其さまを血のつながった祖父とは思わぬ。苦しんでいる者ひとりすら救えぬのであれば、なんのための造寺だと仰せでございました」

応其の唇が、なに、と言葉にならぬ声を漏らす。震える拳を強く握り締め、応其は感情のうかがわれぬ面の理徳院に背を向けた。

「さようか……さようか」

と繰り返しながら、草履をつっかけるその背は、吹きすさぶ寒風に散らされそうなほど薄っぺらい。忙しく揉みしだかれる掌の白さが、曉旬の眼をひどく鮮明に射た。

年が明け、吹く風が日ごとに温(ぬく)み始めるにつれ、作事場は善光寺阿弥陀如来を迎える支度で慌ただしくなった。

崩壊した新大仏は綺麗さっぱり取り払われ、後には幅三丈もある基壇が残るばかりである。ただこれほど大きな大仏殿と基壇では、丈の小さな如来像はつり合いが悪い。このため番匠たちは急ぎ如来像を納める宝塔を拵えたり、堂内に下げる幡(ばん)（寺院の荘厳に用いる布）を瀟洒なものに作り直し、大仏殿を如来堂へと改めるべく奔走していた。

理徳院を始めとする内衆たちは、表向きは応其の下知に従い、応其もまたいつぞやの怒りを忘れ去ったような面持ちで日々、作事に邁進している。だがそれが偽りの平穏に過ぎぬ証には、いつしか作事場を歩き回る応其に従う内衆は、かつての半分ほどに減っていた。

番匠や人足たちもまた、内衆と応其の間に吹き始めた隙間風を敏感に感じ取ったのだろう。普請に関する相談ごとが生じると、まず理徳院や遍照院に話を持ち掛ける。そして応其もまたそんな作事場に背を向けるかの如く、次第に堂宇の普請よりも甲斐国からの阿弥陀如来像動座の支度に傾注するようになった。

「おい、暁旬。おぬし、東寺までひとっ走り出かけてな。長者さまに、如来さまご入京の際、大津までお出かけ願いたいとお伝えしてきてくれ。当日は大覚寺や三宝院、聖護院といった御門跡衆も、お出迎えくださる予定になっておるでな」

「おい、高野山に送る文を記してくれ。当日は学侶衆も阿弥陀ケ峰までの行粧に加われとの、太閤さまのご下命じゃでな」

そんな中で、応其が事あるごとに暁旬に用を言い付けるようになったのは、ある意味、当然の成り行きであった。

内衆にとってもまた、高野山内の抗争に関わりのない曉旬の存在は、ありがたいものだったのだろう。夏が過ぎ、阿弥陀如来像が甲斐国を発ったとの知らせがもたらされる頃には、曉旬はあたかも応其の従僧の如く、日々、洛中洛外を走り回るようになっていた。

甲斐国から近江国大津までは全十一区に分けられ、路次中の諸大名のべ十七人が護送の任に当たる。徴発される人足は総計五百名、伝馬は二百三十余頭を数え、御厨子(おずし)を載せた輿には楽人(がくじん)が従うことまでが、秀吉直々に触れだされた。

加えて大津では天台・真言両宗の僧侶を筆頭に、洛中の主だった大寺の門跡・役僧に御像の出迎えが命じられている。如来像入京の日が近づくにつれ、曉旬はその宿の支度や往還の手配などのため、寝食を忘れて奔走するようになった。

内衆はそんな曉旬を遠巻きにし、理徳院ですら親しく言葉をかけてくることは滅多にない。だがほとんど彼らと言葉を交わさずに済む多忙が、いまの曉旬にはありがたくすらあった。

日夜その傍に近侍し、用事を弁じるうちに、曉旬はいつしか応其の粗野や蠅を思わせる卑近な態度が気にならなくなっていた。むしろ、客僧であった応其を降伏の使いとして利用しておきながら、彼が太閤の寵愛を受けるようになると、面従腹背してその言動を腐す内衆たちに対し、腹立ちすら覚えるようになっていた。

作事場から洛中に向かう際には、必ず六条坊門の橋を渡らねばならない。そんな折、応其は必ず東袂で足を止め、軽く両手を合わせて短く経を呟く。

それがかつて見殺しにした絵屋の女主に手向けたものか、それとも行方知れずとなった菊千世の無事を願っての行為かは分からない。しかし蠅の手擦りそっくりに、こそこそと不器用に両手を合わせる姿に、暁旬は「哀れなお方なのだ」と胸の中でひとりごちずにはいられなかった。

往古、諸国の寺院は天皇を始めとする様々な権勢者を後ろ盾に、荘園を持ち、武具を有して自らの寺を守った。しかし高野山や東寺、根来寺、本願寺といった大寺院は、戦乱の世の中であるいは壊滅の危機に瀕し、あるいは力あるものに寄り添うことで、かろうじてその法灯を守り続けている。

応其はただ高野山を守らんとして、秀吉の意に従う道を選んだのだろう。それが私利私欲ゆえでないことは、この十年間の作事からも明らかだ。

だがかつての大寺の栄光を忘れられぬ者たちは、秀吉に従う応其に一目措く一方で、その従順を侮ってやまない。古き世と新しき世。暁旬の眼には、この猫背の老僧が二つの世の狭間で板挟みになっているかのように感じられた。

善光寺如来入京の日は、早朝から低い雲が垂れ込め、時雨交じりの風が時折吹きすぎる生憎の天気となった。

前日、近江と山城の国境である逢坂山に至った如来像は、いったん近隣の寺に安置され、そこで一夜を過ごした。日の出とともに金襴で飾られた輿に移し替えられ、洛中洛外諸寺の高僧たちを従えて入洛するとの噂に、普段静かな山科郷には払暁から大勢の見物人が押し寄せ、街道沿いは立錐の余地もない賑わいとなった。

大津を領国とする大名・京極高次があわてて手勢を出し、警備に当たらせたが、あまりの人の多さに沿道は混雑するばかり。「前に出るなッ。下がれ、下がれッ」という足軽たちの絶叫が、刻々と色を変える朝空に響き渡っていた。

大津宰相ともども如来像入京の奉行を仰せつけられた応其は、まだ薄暗いうちから美々しい袈裟に身を固め、街道の一角、逢坂山を間近に仰ぐ辻に設えられた桟敷に座を占めている。しきりに手揉みを繰り返す応其の背後に控え、沿道にひしめく人波をぼんやり眺めていた暁旬は、おやと眼を細めて腰を浮かせた。

辺りはすでにすっかり白んだが、御像が逢坂山を出立するまでは、まだ四半刻（約三十分）ほど間がある。暁旬はこっそりと桟敷から降りると、色とりどりの小袖や羽

織をまとった群衆の間をかき分けた。かつての傾きぶりが嘘のように薄汚れた括り袴姿の男の腕を摑み、

「菊千世どの。菊千世どのでございましょう」

と押し殺した声を投げた。

びくっと身体を揺らして振り返ったその顔は垢にまみれ、頬が鋭くこけている。鼻先に微かな異臭が漂ってくるのも、決して気のせいではなさそうだ。足元に置いていた背負い籠を引っ摑んで逃げ出そうとする肩を力任せに押さえつけ、「応其さまが案じておいででございますぞ」と暁旬は声を低めた。

「あ、あんな爺。どうなろうと知ったものかよ」

もみ合う二人の姿に、周囲の見物人たちが薄気味悪げに一歩後じさる。すると菊千世はその気配を敏感に感じた様子で、「わかった。わかったから、手を放せよ。見物の衆にも悪いだろうが」と暁旬を睨みつけた。

「ただ、もうすぐ如来さまのお通りだ。話があるなら、このまま立ち話で済ませてくれよな」

その間にも人垣はどんどん厚くなり、ぼんやりしていると後ろへと弾き飛ばされそうになる。しかし菊千世はぐいと足を踏ん張り、前後左右からどれだけ身体を押され

ようとも、一歩もその場を動こうとしない。その頑（かたく）なな挙動に、暁旬は目をしばたたいた。

新大仏作事場に出入りしている頃、菊千世は神仏への崇敬心なぞまったく持ち合わせぬ不埒者と映った。それが何故こんな早朝から街道に立ち、如来像を待ち構えているのか。

「菊千世どの、そなたさまは――」

暁旬の言葉を遮るように、街道の東の果てで怒号が響いた。一瞬遅れて、人垣がうわあっという悲鳴とともに大きく波打った。

「胡乱（うろん）な輩（やから）だッ。捕えろッ」

喚き叫ぶ足軽たちを突き飛ばし、背負い籠を担った二人の男が人波のただなかから飛び出してきた。あわてて道を開ける野次馬たちの間を走りすぎようとして、そのうちの一方が泥濘（ぬかるみ）に足を取られて転倒する。追いすがった足軽たちがそこに組み付き、暴れる彼を力ずくで抑え込んだ。

「放せッ。放せ、この野郎ッ」

男が暴れるのに合わせて、背中の籠から縄や筵（むしろ）が転がり出る。もう一人の男は捕えられた仲間をはっと顧みたが、すぐに唇を引き結んで、再び脱兎の勢いで駆け出した。

その背に担われた籠には、見覚えがある。大きさといい形といい、たった今、菊千世が足元に置いているものと同じだ。

暁旬はがばとその場にしゃがみこむと、菊千世の籠に手をつっこんだ。まさに今、目の前の街道に飛び散っているのと同じ品々がそこに納められているのを認め、菊千世の肩を引っ摑んだ。

「これはいったい、どういうわけでございます」

幸い、四囲の群衆は突如始まった捕り物に目を奪われている。顔を青ざめさせた菊千世の肩を、暁旬はがくがくと揺さぶった。

すると菊千世はまっすぐに正面を見詰めたまま、「しっ、頼むから、静かにしてくれよ」と唇だけで呟いた。

「いま騒ぎ立てられちゃあ、俺まで捕えられちまう。文句はあとから幾らでも聞く。だから今は知らん顔をしてくれ」

足軽に押さえつけられた男は、すでに後ろ手に縄を打たれ、どこかに引っ立てられようとしている。その捕り物沙汰と菊千世の横顔を交互に見やり、「わかりました」と暁旬はうなずいた。

「ではとりあえず、ここを離れると致しましょう。拙僧と二人連れであれば、怪しまれはしますまい」

よし、と応じるや、菊千世は足元の籠を胸前に抱え込んだ。暁旬はそれを人目から隠すように傍らに寄り添い、街道脇の路地に飛び込んだ。とにかく人気の乏しい場所を求めて足を急がせ、小さな丘の際に立つ神社へと駆け込んだ。

近隣の氏神なのだろう。古びた社には灯明が上げられた跡が残り、やせこけた猫が皿にこびりついた油を舐めている。暁旬たちの足音にあわてて走り去るその背に目をやりながら、

「まさか、露見しちまうとはな」

と菊千世は暗い声で呟いた。

「先ほどの御仁たちは、存知よりのお方ですか」

暁旬の問いに、菊千世はああと小さくうなずいた。

「伏見のお城下をうろついていた時、親しくなった猿楽師どもだ。昨年の地震の折、ぜひにと引き留められていた伏見の御城で、妹や母親を含めた一座の大半が御殿の下敷きになって亡くなったんだと。太閤さまさえ無理を言わなかったなら、誰も死なずに済んだのだと恨んでいやがる」

畜生ッ、と吐き捨てざま、菊千世はその場に座り込んだ。抱えていた籠を力任せに突き倒し、「せっかく、如来さまの入京に泥を塗ってやろうと思ったのによ」と呻いた。

先ほどからの異臭が強くなった気がして目を遣れば、籠の底にはびっしりと馬糞が詰め込まれている。

先ほど見えた縄や筵はこれを隠すためだったのか。まさか、と息を呑んだ暁旬に、菊千世は「だったらどうする」と薄笑った。

「如来さまに馬糞を投げつけ、太閤さまのご威光に逆らおうとした輩の一味だと、俺を突き出すかい。それで俺が新大仏大勧進の孫と知られりゃあ、お祖父さまは太閤さまに叱責され、これまでの忠勤もすべて水の泡になっちまうだろうな」

愛しい女をみすみす死なせた菊千世の恨みは、分からぬではない。だがそれが新大仏造営を命じた太閤のみならず、血を分けた実の祖父にまで向けられるとは。

顔を青ざめさせた暁旬を、菊千世はまっすぐに仰いだ。引きつった笑みを拭い去るように消すや、「太閤さまになんぞ、さっさと嫌われちまった方がいいんだ。さっさと嫌われて紀州の郷里にでも、帰っちまったほうがよ」とひとりごちた。

どこか思いつめた気色すらある真剣な口調に、暁旬は「それはどういう意味でござ

います」と問うた。すると菊千世はふうと大きな息をつき、

「だって、そうだろう」

と、軽く空を仰いだ。

「太閤さまのおかげで成り上がってきたものの、お祖父さまは結局はただの高野山の客僧。後ろ盾がなくなっちまえば、どんな苦しい目に遭うか、わかったものじゃねえ。場合によっちゃ、かねての遺恨とばかり、行人や学侶たちから叩き殺されちまうことだってありえらあ」

「菊千世どの――」

では如来像への狼藉を企んだのは、祖父の今後を案じてでもあったのか。曉旬は菊千世と足元の籠を、忙しく見比べた。

秀吉はすでに頽齢だ。昨年春から病に取りつかれ、寝たり起きたりの暮らしが続いているとの噂も、京都には届いている。もしかしたら地震による新大仏倒壊の後、その身代わりとして善光寺如来の動座を命じたのは、自らの不調に対する秀吉の恐れの表れだったのかもしれない。

「これは伏見で、ある大名さまの足軽から教えられたんだけどよ。太閤さまの病は、もう治りようのないところまで来ているらしい。大名たちを前にしながら小便を垂

れ、そのまま気づかなかったこともあるらしいぜ」

ことに今年の正月には、秀吉はふた月に亘って激しい熱を出し続け、慣例の伏見城での大名惣礼は五月まで延引された。その直後、まだ五歳の嫡子・御拾を連れて参内を行ったのも、すべては自らの死期を悟っていればこそ、と続ける菊千世の横顔は、かつてとは別人のように険しかった。

「作事場を飛び出した直後は、お祖父さまへの腹立ちで、腸が煮えくり返る思いだったんだけどよ。伏見や大坂をうろつき回っているうち、ああも作事に必死なお祖父さまのこれからが案じられてきたんだ」

応其が高野山の筆頭に立ち、長年、勧進を務めていられるのは、ひとえに秀吉のおかげでしかない。やがて来る太閤の死後、祖父がどんな辛酸を舐めさせられるか。そうでなくとも人目を構わぬ応其の気性をよく知っているだけに、何としても今のうちに大勧進の職から離れさせせねばならないと考えたのだ、と菊千世は訥々と語った。

「なにせお祖父さまは、太閤さまに可愛がられすぎたからよ」

応其の存在によって、高野山が蒙ってきた利益は、これまで計り知れないものがあろう。しかし幾ら高野山の束ねを仰せつけられているとはいえ、応其は所詮、俗世からやってきたただの客僧。その地位を後ろ盾する太閤がこの世を去れば、山内の者がますます応其への反発を強めるのはまず間違いない。

昨年、普請場を飛び出した菊千世は、このところの応其と内衆の対立を知らないはずだ。それだけに彼が案じる将来がまず間違いないものと感じられ、曉旬はぶるっと身を震わせた。

右府・織田信長が横死し、豊臣秀吉が天下を掌握したのは、ほんの十数年前。それと同時に開始した新大仏造営は今、秀吉の病とともに形を変えつつある。ならばその死によって、あの作事場が大きく移り変わっても、何の不思議もない。そしてその時、この国の諸寺はどんな変化を強いられるのか。

だが、曉旬は知っている。すでに激しい孤独の中に在る応其が、それでもなお怖じることなく、自らの務めに邁進していることを。

秀吉に召され、伏見城にもしばしば上っている応其のことだ。太閤の死が確実に迫りつつあることを、知らぬはずがない。しかし応其は、秀吉が没し、高野山の者たちから石もて追われることになったとしても、決して自らの行いを悔いはすまい。秀吉という天下人の信頼を受けたことをこの上ない誇りとして胸に抱き、傲然と高野山の衆に背を向けるはずだ。

街道の方角から、うわあっと波音に似たざわめきが聞こえてきた。如来像がいよいよ、山科郷に差し掛かったのだろう。丘にこだまし、街道の西へと伝わってゆくその響きに、暁旬と菊千世はどちらからともなく顔を見合わせた。

「行かれぬのですか」

暁旬の問いに、菊千世は小さく首を横に振った。

「今から再度出向いても、およそ如来さまには近づけんだろう。もしかしたらここであんたに会ったのも、壊れちまったあの大仏さまが俺にやめとけと仰っているのかもな」

もし秀吉が長命を重ねることが出来たなら、応其はその懐刀(ふところがたな)として、作事のみならずこの国の寺院の仕組みすべてを変える僧となり得たかもしれない。だがそれはもはや、見る価値すらないただの夢だ。

微かな羽音が聞こえた気がして、暁旬は目を上げた。一匹の痩せた蠅が菊千世の足元に横倒しになった籠の上を飛び交い、入り口を探している。あまりに小さく、指先で軽くひねりつぶせそうなその姿が妙に愛おしく、暁旬は街道からのざわめきにかき消されそうなその羽音に、じっと耳を澄まし続けた。

生滅（しょうめつ）の流儀

今村翔吾

一

松永久秀は四層の天守櫓の最上階で、欄干に腰を掛けながら信貴山の尾根を見下ろしていた。視線を持ち上げると、間もなく沈む陽が、今日を名残惜しむかのように強烈な眩さを放っている。久秀は手庇をしながら、茜空に向けて微笑んだ。

「早よ、沈め」

今ではすっかり封じた上方訛りが、思わず口を衝いて出た。

久秀の他には小姓が二人。壁際に畏まっているが、腰が微かに浮いており落ち着きがない。織田軍は日没までに勝敗を決しようと、二刻（約四時間）ほど前から攻勢を強めている。そのため両陣営から、間断無く銃声が鳴り響き、耳を覆いたくなるほどである。まだ戦の経験の乏しい小姓ならば、浮足立つのも無理はないことだ。

囂しい銃声を縫うように、何者かが階段を駆け上がって来る音を耳朶が捉えた。

齢七十になり顔には深い皺を刻むようになったが、幼年から飛びぬけてよかった耳はまだ衰えてはいない。

「殿、筒井勢が後詰めも繰り出しました！」

この声は家老の岡国高である。

「見えておる。信長に尾を振ろうと必死じゃのう」

久秀は振り返り、鷹揚な調子で答えた。

「何を……弾が飛んで来ては如何なさいます！」

「心配ない」

久秀が短く答えると、国高は二人の小姓に摑み掛からん勢いで怒鳴った。

「お主たちも何故お止めせんのだ！」

小姓は助けを請うような目でこちらを見つめた。

「これ、責めてやるな。儂が心配無いと申したのだ。まともに狙えるのは三十間（一間は約一・八メートル）が限界よ」

狙撃する場合、並の射手なら二十間、腕の良い者でも三十間ほどである。

「流れ弾ならば六町（一町は約百九メートル）ほどは飛びます」

「よく知っているではないか。だがそれもないのだ」

確かに狙いは付けられずとも、弾自体は五町から六町ほど飛ぶ。しかし絶対にあり得ないのである。

「斜めに撃てばこう……このように弾が飛ぶのだ」

久秀は宙を指でなぞりつつ続けた。当たり前のことだが物は地に吸い寄せられる。真っすぐに飛ぶのは二十間ほど。そこで軌道（きどう）が一度上がり、その後地に急落していく。これは恐らく「気」のせいだと見当が付く。気などといえば迷信くさいが、目に見えぬそれは確かに存在している。これを吸って人は生きているのだ。

分かりやすい例でいえば紙を投げても遠くには飛ばない。これは紙が軽く、大きく気の影響を受けるためであろう。弾丸も紙ほどではないが確実に影響を受ける。故（ゆえ）にこのような現象が起きると予測している。

国高は諫言（かんげん）しても無駄だと悟ったのか、苦々しい表情で本題に移ろうとする。

「筒井勢を……」

「待て」

久秀は掌（てのひら）で制し、残る一方の手を顎（あご）に当てた。

「なるほど。回せばよいのだな」

「は……」

国高は眉間に皺を寄せる。小姓二人も怪訝そうにしている。

「羽があるから矢は回る。何故回す必要がある？」

「それは、より遠くに飛ぶように」

「それだ。弾も回せばさらに飛ぶ。銃口の中に溝を切れば回るのではないか。そうなれば弾も丸ではなく……こう筍のような形がより良い」

久秀が頭上で手を合わせて形を表現すると、国高は呆れるような口調で言った。

「間もなく死のうというのに、鉄砲の話でもないでしょう」

「確かに」

久秀は片笑んだ。今更話したところで詮無きことである。この信貴山城は四万からなる織田家の大軍に取り囲まれている。一方、こちらの兵は八千。確実に数日の内に落ちる。だが落ちるのは今日であってはならない事情もあった。

久秀は視線を再び尾根へと向けて言葉を継ぐ。

「間もなく日が暮れる。心配せんでも退く。ほれ」

そう言った直後、図ったように鉄砲の音が静まり始め、潮の引くが如く敵勢は退却を始めた。こちらも不要な追撃をしてはならぬと厳命しているため、両陣営が割れたような恰好となっている。

「真に」

いつの間にか国高も横に来て、眼下に広がる光景を眺め感心している。

「今日が終わった」

「まるで童のような言い草でございますな」

「そうか？」

久秀がこめかみを掻くと、国高は大きな溜息を零した。

「念のためにお尋ね致しますが、もう降る気はございませんか？」

国高は山の稜線に顔を隠しつつある陽を見つめながら問うてきた。

信長は己が所有している天下の名物、平蜘蛛の茶釜を差し出せば降伏を許すと申し出てきている。だが久秀はそれに対し、

――平蜘蛛の釜と我等の頸は、粉々に打ち壊すことに致す。

と、すでに返答してあった。

「もう天下獲りは難しい故な」

「難しいとは……まだ獲るおつもりだったので？」

国高の口元が微かに綻（ほころ）んだ。小馬鹿にしている訳ではないことは、久秀も知っている。

「それが最も名が残る」

「いかさま」

「だがそれが叶わぬとなれば、別の方法を考えねばなるまいて」

脳裏に浮かんで消えるのは弟の顔である。朱から藍（あい）へと変わりつつある空を見つめながら、久秀はぽつりと零した。

二

永正（えいしょう）五年（一五〇八年）、久秀は京に程近い西岡荘（にしのおかしょう）で生まれた。その時の名を九兵衛（きゅうべえ）と謂（い）う。

父は小さな商いをしていた。ある日、母と共に市に出掛けた帰り、京に跋扈（ばっこ）している足軽に襲われて死んだ。九兵衛が十一歳の頃である。

九兵衛は三つ年下の弟である甚助（じんすけ）と共に、叔父叔母のところで育てられていた。叔父たちにも二人の子がおり、九兵衛ら兄弟は厄介者（やっかいもの）扱いだった。叔父は朝から晩まで畑仕事を強い、与えられる飯は皆の半分。そのことに不満を漏らすと、激しい折檻を受けた。

己だけならばまだ耐えられた。しかし二年ほど経ったある日、甚助の盗み食いが露見して、目鼻が判らなくなるほど顔を打擲された時、九兵衛は家を出ることを決意した。

叔父らは止めなかった。泣きじゃくる甚助の手を引き、九兵衛は東雲が淡く染まる頃に村を去った。

「兄者」

「ああ」

九兵衛は前を見据えて歩く。

「俺たちは何で生まれてきたのかな」

その時の甚助は十歳。子どもにそのようなことを言わせるこの世は狂っている。九兵衛は下唇を嚙みしめながら歩を進めた。

「意味がある」

そう断言したものの、己でもそんなものがあるのかと疑っている。

「きっと誰にも知られずに死んでいく」

「そうはさせへん」

上方訛りで言うと、ぎゅっと甚助の手を握りしめて続けた。

「俺たちが生きた証を残そう……この壊れた世を生き抜いた兄弟がいたってことを」

西岡が京に近いのが不幸中の幸いであった。乱世では皆が何かに憑かれたようにこの地を欲する。日々、各地の大名たちが、血で血を洗うような戦いを繰り広げているのに、それでも多くの人々が集まって来るのだ。

大名に雇ってもらおうとする足軽だけではない。それに取り入ろうとする商人、少しでも年貢の安い領主に治めてほしい百姓。さらにそれらを騙して利を得ようとする者や、金品や米を強奪しようとする悪人。魑魅魍魎のような輩が跋扈している。さらに戦火で焼け野原になっても市が立つという異様な土地である。

このように人と物が集まる地だから生きる希望があった。これが閑散とした場所ならば、すぐに二人は飢えて野垂れ死んでいたであろう。盗みを働くなどは当たり前、足軽を背後から襲って殺し、銭を奪うような真似もした。しくじって命からがら逃げたこともある。獲物が無ければ路傍の草を口にして飢えを凌いだ。

九兵衛が十五になった頃、甚助は十二。兄弟でこうまで差があるものか、粗末な物しか食っていないのに、甚助の身丈は己を超えるほどに伸びた。

これを機に二人は足軽となった。何故、戦が起こっているのかも解らない。何のための戦かも解らない。今日は六角、明日は香西と、ただより良い条件で雇う大名の元に流れ、無我夢中で槍を振るった。

「お前たちも波多野の銭払いがよいから来たのだろう」

などと同じく足軽稼業の者に言われた時、九兵衛は口では同意しておきながら、内心では、

――同じにするな。

と、蔑んでいた。九兵衛がより良い条件の大名を求めるのは金のためではない。これを取っ掛かりに出世をし、本気でこの乱世に名を刻もうとしていたのだ。あの日、西岡を出た時に誓ったことを片時も忘れてはいなかった。

転機が訪れたのは、大永七年（一五二七年）。阿波から政権を奪取しに来た、ある大名が足軽を募った。これに兄弟で加わった時のことである。

変わった大名であった。足軽の陣にまで労いの酒を振る舞ってくれる。運んで来た侍は、

「殿は大層足軽を大事に思っておられる」

と、皆を奮い立たせようとした。なるほど、確かに年々戦の様相が変わっていって

いる。まともな武士は自らの命を惜しむのか、足軽どうしの戦いで決着が着くことが多い。だがこの足軽というものは厄介なもので、隙あらば敵方に奔るということも少なくない。この大名はそれを防ぐため、このようなことをしているのだと感じた。

ある日、また足軽の陣に酒が振る舞われた。運搬の宰領をしていたのは初めて見る武士。これまでの者と違ったのは、

「間もなく戦が始まる。二合までにしておいてくれよ」

などと声を掛け、酒を呑む段になっても帰ろうとせず、自らも足軽と共に酒を呑んでいた。ここまで気安い武士は初めてで、足軽たちもすっかり気を許していた。その武士が隅のほうにいる九兵衛ら兄弟に近づいてきたのだ。

「お主たちは呑まぬのか？」

「酒が苦手なもので」

九兵衛が短く答えると、武士は指を顎に添わせて二度三度頷いた。

「迂闊だった。確かに酒が嫌いな者もいよう。お主たちには余分に米を回すことにする」

武士は運搬を担っているだけなのに、まるで自らが与えているかのような口振りである。さらに眉を開いてこちらの手許を覗き込みつつ続けた。

「何をしている？」

「兄者に字を教えてもらっています」

これには甚助が答える。父が商いで字を遣っていたため、九兵衛も学んでいた。しかし甚助はそれを学ぶ前に父が死んだので扱えない。いつ果てるとも知れぬ足軽稼業から、いつかは抜け出さねばならぬ。そのための一助になろうと、毎夜枝で地に文字を書いて甚助に教えていたのである。

「ほう。字が書けるか」

「兄者は近郷でも有名な達筆だったんだ」

「これ」

得意げに言う甚助の袖をちょいと引いた。

「確かに上手(うま)い。お主、三好(みよし)家に仕える気はあるか？」

今加わっている家。それが阿波の大名三好家なのである。

――来た。

機が到来したという興奮をぐっと抑え、九兵衛は小さく頷いた。

「よし、ならばこの戦に生き残ったら召し抱える」

「え……」

この武士が先走っているだけ。真に召し抱えられるためには上の裁可がいる。これまでもこのような旨い話が無かった訳ではないが、いずれも口約束でうやむやにされている。今回もそのような眉唾話かもしれないと、努めて興奮しないようにしていた。

武士は屈んで手を口に添えると、そっと囁いた。

「俺は三好元長という」

「まさか……」

ぎょっとして目を見開いた。己が加わっている陣営の大将なのである。

「恥ずかしい話だが字が上手くない。祐筆は何人おってもよい。生き残ってくれよ」

元長はからりと笑うと肩を叩いて立ち去って行った。

半信半疑であったが、これは現実となった。戦が終わると二人は本陣に呼び出された。そこには床几に座るあの男の姿があった。

「阿波に帰るが。来るか？」

元長の鞣革のような肌から零れる白い歯が眩しかった。久秀はこの時の光景を、生涯忘れることなく鮮明に記憶している。

三

　こうして二人は阿波へと共に下ることになった。久秀は十人からなる祐筆団の末端に加えられた。食が良くなったからか、弟の甚助は日に日に躰が大きくなり、槍にも徒ならぬ才があったらしく下士として取り立てられることになった。どこの馬の骨とも判らぬものを抱えるなど、身分が揺らぐ乱世とはいえ極めて珍しい。これは元長の、

　——家の最も大事な宝は人よ。

という考えに起因しているらしい。戦乱はまだまだ終わりそうにない。有能な武士が命を散らせていく中、その代えはすぐに見つかるものではない。ただし元来の武士以外にも視野を広げれば、優秀な人材は野に潜んでいる。これを早期に取り入れることが、次代を切り開く力になると考えていた。そのような思想の持主だからこそ、久秀たちも召し抱えられたのだ。

　阿波に辿り着いてすぐ、元長は兄弟を呼び寄せた。

「落ち着いたか?」

元長は顎を微かに引いて片笑んだ。

「はい。甚助などは、こんなに美味い飯を食うたのは初めてやと嬉々としています」

「上方訛りがきついのう。これからは武士らしい話振りにせねばな」

「改めます」

九兵衛が頭を下げると、甚助も慌ててそれを真似る。

「それに、ただの九兵衛や甚助では締まりが悪かろう。姓名を考えておくがいい」

元長の提案に、九兵衛は迷うことなく即座に答えた。

「松永と……」

「ほう。用意のよいことだ」

この世に生きた名を刻む。そう決めた時よりずっと考えてきた。そして導き出した姓である。

「よし、名は俺が付けてやろう」

元長は眉間に皺を寄せて唸る。名も無き浮浪の者にも真剣に向き合う。この殿に付いてきて正解だと改めて感じた。

「久秀……久しく秀でる。よいだろう？」

元長は誇らしげに頰を緩める。気に入らなかった訳ではないが、仮にそうでも言えたものではない。九兵衛は、いや久秀は礼を述べて頭を垂れる。

「甚助は長頼でどうだ。人より力に長け、お主の頼りになる男になるようにという願いだ」

「兄者より、恰好がいい」

長頼は新たな名を確かめるように、何度も繰り返し呟く。その横顔が何とも嬉しそうで、久秀も僅かに口元を綻ばせた。

互いに役目に邁進して月日が流れた享禄五年（一五三二年）、三好家は突如として窮地に立たされた。三好家隆盛の礎を築いたともいうべき元長が、一向宗徒十万に猛攻を受けて自害したのである。

元長は多くの子を残したが、嫡男の仙熊でもまだ齢十一。三好家の畿内での影響力は一気に減退し、本国である阿波に長く逼塞することになった。これを機に離れた傘下の豪族、退転する家臣も多く出た。

混乱の中でも久秀は動じなかった。己たち兄弟を拾ってくれたという恩義もある。だが残ることを決めたのはそれだけではなかった。

元長が作り上げた三好家の闊達な家風は消えていない。無能な者が去り、有能な人材は残っている。それどころか、この逆境を機会にしようと新たに集まった者もあり、残った家臣は幼主を守り立てていこうと、以前より結束が強くなったようにも思える。元長の遺児たちも皆が利発で、それぞれに名将の片鱗(へんりん)を見せている。上の風通しがよくなったほうが、出世の機会にも恵まれるという打算もあった。

久秀の思惑は的中し、仙熊が元服して長慶(ながよし)と名乗るようになった頃から、三好家も徐々にかつての勢いを取り戻していった。その中で久秀と長頼も着実に出世を重ねた。

天文(てんぶん)九年（一五四〇年）に奉行の職にあったものが病で倒れ、後任を誰にするかという議題が持ち上がった時、

「私にやらせて頂けぬでしょうか。身命を賭(と)して務めます」

と、久秀は自らを積極的に売り込んで容れられた。

久秀は恙(つつが)なく役目を果たし、天文十八年、長慶が将軍家を追放して京を手中に収めた。その時に久秀はこれまでの実績を認められ、寺社との折衝(せっしょう)を任せられるようになる。

長頼も負けてはいない。翌天文十九年には一手の将に抜擢(ばってき)され、将軍の後ろ盾である近江(おうみ)の六角定頼(さだより)を見事に打ち破った。

さらに香西元成(もとなり)・三好政勝(まさかつ)らが丹波(たんば)衆を率いて京に攻めてくると、京に滞在してい

た久秀も初めて軍勢を率いて戦うことになった。元は小商人の倅。当時は一軍の指揮を執ることになるとは夢にも思っておらず、いざ対峙すると全身が激しく震えた。

「兄者、心配無い」

近江から合流した長頼がそう言って軽く肩を叩く。一度大将を務めた余裕が感じられる。

「お主は向いているのだろう」

身内贔屓もあるかもしれぬが、久秀から見てこの三つ年下の弟には将才があると見えた。

「気付いたことがある」

「何だ」

「あいつら思ったより阿呆だ」

長頼はからりと笑った。あいつらとは武士のこと。もっとも今では己たちも武士であるのだが、長頼が指しているのは家柄のよい既存の武士たちのことである。

「阿呆では累々名跡を紡げまい」

「そもそも利口だったなら、こんなに世が乱れるはずないだろう？」

「確かに」

長頼は賢しい性質ではないが、案外本質を捉える目は持っている。言うことが的を射ていたので、思わず苦笑してしまった。

「敵わぬと思っていた俺たちのほうが、もっと阿呆だっただけさ。奴らより草を食らってでも生きようとしたほうが強い」

「なるほど。つまりは何も持たぬ者が、名を刻むには良い時代なのだな」

郷里を離れる時に必ず己たちが生きた証を刻むと誓った。それには恰好の時代なのだろう。敵勢から鬨の声が上がる。間もなく戦が始まるのだ。

「兄者、天下を獲ったならどうする」

ふいに長頼が発した問いがあまりに壮大で、久秀は目を見開いた。

「やはりお前は阿呆だ。そんなことできるはずない」

「天下を獲るのが名を刻むのに最もいいだろう？」

「それはそうだ」

流石に難しいとは長頼も解っている。躰を硬くしている兄の気を紛らわせようとしてくれたのだろう。

「虫けらのような俺たちがここまで来たんだ。能うかもしれないぞ？」

「阿呆どもを駆逐するか」

「それはいい。二度と俺たちのような子が出ぬようにな」

「行くか。頼むぞ」

「頼まれた」

血を分けたたった二人の兄弟。顔を見合わせて微笑むと、久秀は突撃の号令を発した。

戦は呆気ないほどすぐに決着が付き、丹波衆は這う這うの態で退却していく。その滑稽な姿は、長頼が言うように「阿呆」という言葉が最もしっくりくる。家柄や血ではない。今の世は才がある者こそが道を切り開く。久秀が確信を持ったのはこの瞬間であった。

四

松永兄弟はさらに躍進した。だがそれとは反対に三好家の家運に陰りが見え始める。

兄弟が相次いで死んだことで主君長慶はすっかり気落ちし、挙句の果てには誰かの讒言に騙されたものか、屋台骨を支える別の弟を誅殺してしまったのだ。

——松永兄弟の讒言ではないか。

そのような噂が流れた。久秀はそうではないと言い切れる。だがあまりに急速な出世のせいで、家中の者の妬みや嫉みを買っていることは自覚している。

主君自らの口から否定するように頼もうと思った矢先、長慶は心身に不調を来して寝込み、そのまま帰らぬ人となった。そのような家が荒れた状態での当主の死去。三好家に瓦解の兆候が顕著になった。

——義継様を守り立て、今一度三好家を立て直す。

久秀は後を継いだ若年の当主義継を支え、八面六臂の活躍を見せた。元長が死んだ時も苦境に立たされたが、家中が想いを一つにして乗り越えたのだ。今回も同じようにできると信じて疑わなかったのである。

だが何故か上手くいかない。あの頃と何が違うのか。思いを巡らせた久秀は、ある一つの結論に辿り着いた。三好家は先代の頃に優秀な人材を集めた。だが時を経て彼らもいつの間にか、

——阿呆ども。

に成り下がっていたのである。人の力は生まれ持った才の多寡によって差が出る。だがそれ以上に取り巻く状況のほうが影響を与えるらしい。

先代の無念の死によって多くを手放し、未だ何も得ていないからこそ、皆が上を目指して切磋琢磨してきた。だがそれぞれが身を立て、守るべき家、領地、地位ができた今、誰もがいつの間にか他者を蹴落としてでも保身に走るようになっている。つまり彼らも久秀と長頼が阿呆と呼んだ、従来既存の武士たちに成り下がったのだ。このような状態で三好家を守り立てていくなど不可能といってもよい。

それでも未熟な当主を支えて奔走する久秀に、大きな事件が起こった。丹波方面の攻略を一手に任されるようになっていた長頼から、至急救援の要請が入ったのである。

「今すぐ発つ！」

文を読み終えるや、久秀は凛然と立ち上がった。その器量を認めて近く家老として迎えた、岡国高が諸手を突き出して制する。

「お待ち下され！　大和が総崩れとなります」

一方の久秀は三好家の大和攻略を担っている。信貴山城を拠点に、筒井家を始めとする大和の諸勢力と大激戦を繰り広げていた。一進一退なれども永禄三年（一五六〇年）に多聞山城を築城してからというもの、徐々に優勢に傾き始めていたところ。今大和を離れれば敵方は一斉に反攻に出て、折角得た地盤を失うことが恐れられた。

「援軍が出せぬならば和議を周旋する」

久秀は三好家でも有数の重臣となり、将軍家の御相伴衆にも名を連ねるまでになっている。三好家の他の重臣には将軍家と断絶し、自由に動いた方が有利と考える者も多いが、久秀はその中にあって良い関係を築いている。将軍家に調停を依頼するのが最も得策と考えたのだ。

不幸というものは連鎖するらしい。久秀が周旋に動き始めた矢先、またもや変事が耳に届いた。一部の三好家重臣が室町御所を襲撃して、将軍足利義輝を殺害したというのだ。

「あの阿呆は何をやっておる!!」

久秀は怒りのあまり書状を破り捨てた。襲撃した者の中に己の嫡男、松永久通の名があったのである。久通は凡庸な性質で、己に酷い劣等感を抱いている。恐らくこのままでは父を超えられぬ、自らの意思で物事を決めるべきなどと、諸将に唆され軍勢を繰り出したのであろう。

万策尽きたところに長頼から矢継ぎ早に書状が届く。雪崩を打って豪族が蜂起し、己は丹波という鳥籠に捕らわれた小鳥のようなもの。城に籠って耐えているが援軍の見込みはなく、間道を使って飛ばしているこの書状も、いつ途絶えてもおかしくないという悲観的なものだった。

丹波勢と大和勢も通じているのか、筒井家の動きが活発になってこちらも防戦一方である。久秀は覚悟を決めた。

「大和を捨てる……何度でも取り返してやるわ」

大和から引き揚げ、全軍をもって丹波の長頼の救援を決めた。明日出立という日、再び長頼から書状が届いた。それに目を通した久秀は、国高を呼びつけ静かに出立の取り止めを命じた。国高も察しがついたようで、何も語らず下がっていく。

「ああ……」

久秀は嗚咽を懸命に耐えつつ文字を目で追った。

長頼からの書状には、もうこれが最後になるであろうこと。この書状が着いた頃には己はもうこの世にいないであろうこと。大和の堅守に専念してくれとのこと。生まれてからこれまでの謝辞、そして兄者の弟に生まれて幸せであったとのことが綴られていた。

ふと脳裏を過ったのは、村を出て京に向かってすぐのこと。馬喰の手間をして得た金で麦飯を買った。一つ食べても腹が満たされぬと弟はめそめそと泣いたので、己の分の握り飯をくれてやったのだ。

何も考えずに兄の分まで食べてしまったことに、罪悪感が湧いてきたのだろう。夢中で食べた後で、急に申し訳ないというように、今にも泣き出しそうになる。

「助かった。腹が一杯だったところだ」

そう言って頭をそっと撫でると、弟は頬を綻ばせて満面の笑みを見せた。何故こんなことを思い出すのか。他にも浮かんでくる光景は幼き日の記憶ばかり。

「甚助……」

久秀は多聞山城の天守櫓で一人、書状を握りしめて天井を見上げた。

――兄者の名を天下に刻め。

甚助の書状の最後は、その一言で結ばれていた。きっとこれを書いた時は微笑んでいたのだろう。久秀はそのような気がしてならなかった。

五

長頼が死んだことで、三好家は丹波の領地の全てを失った。三好家を取り巻く状況は一向に良くならない。当主義継の未熟さをいいことに、三好三人衆と呼ばれる重臣たちは専横を極めた。義継は三人衆の元から逃げ出し、久秀を頼ってきたことで内紛に発展し、三好家中は蜂の巣をつついたような騒ぎになった。

両軍は戦に発展し、劣勢の三好三人衆は陣取っていた東大寺大仏殿に火を放つという暴挙に出た。しかも戦が終われば、それを全て久秀が燃やしたなどと言い逃れる始末。世間の非難を避けるため、彼らにとって出自も定かではない己は恰好の生贄なのだ。

何とか三好家を纏め上げようと奔走している時、畿内にとある大勢力が上って来た。尾張美濃を領し、日の出の勢いの織田信長である。

——終わった……。

久秀は織田家のことをずっと注視していた。これはいずれ上洛して来る。それまでに家中を統一しなければ三好家の天下は消える。その時刻が到来したのだ。

「機を窺う」

家臣にそのように告げると、久秀は当主義継を連れて真っ先に織田家に降った。本心ではもう天下の目は無いと解っていたが、納得させるためにはそう言う他になかったのだ。手土産として天下の名物である九十九茄子の茶入れを献上した。そこまでする必要はないと止める家臣もいたが、このような時に物惜しみすることはない。命のほうが万倍も大事である。

降ってから間もなく、久秀は織田家の家臣、盟友の徳川家康（とくがわいえやす）に引き合わされた。その場に於いて信長は、

——この男は常ならざる悪事を三つも働いた梟雄（きょうゆう）である。

と、高笑いした。

一つは三好家先代長慶を殺したこと。二つは将軍義輝を弑（しい）したこと。三つ目は東大寺大仏殿を焼き払ったこと。

——そうなるか……。

三好家紛糾（ふんきゅう）の中で行われた諸悪が、全て己の双肩（そうけん）に圧（の）し掛かっていることに改めて気付いた。どれも身に覚えのないこと。敢えて言うならば将軍家を襲った者の中に嫡男がいたこと。そのような分別がつかぬ息子に育ててしまったことが罪と謂えば罪。

戦乱の世では皆が道義や道徳を捨てる。人の奇妙なところは、その癖に外聞を捨てきれないところであろう。それは彼らが歴（れっき）とした出自を持っていることにも起因するかもしれない。家の名に傷がつかぬよう、今を生きる者たち以上に、後世を生きる者たちにいかに見られるかを恐れている。故に己のように貶（おとし）めやすい者に罪を着せ、自分だけは聖人君子のような顔を保とうとするのだ。

「のう、弾正（だんじょう）」

世に蔓延る詭弁を真に受けているのか。あるいは己を貶めて愉しんでいるのか。それとも返答次第では始末しようとする罠か。信長は己の官位を呼び、片笑みながら見下ろす。

「左様でございます」

それ以外の答えは無い。反論すれば首を落とされるかもしれない。世の不条理に耐えることには慣れている。どれほど見苦しくともそれに耐えて名を残す。それが今は亡き弟との誓いである。

「認めおったわ。悪名高き男よな」

信長が豪放に笑うと、一座の者は追従するようにどっと沸いた。どの者も媚びたような卑しい表情である。

「上様はさておき……他の皆々様は憐れでございますな」

久秀が低く呟くと、信長はぴたりと笑いを止め、衆は静まり返った。部屋の中に糸が張り巡らされたような緊張が一気に満ちる。

「憐れ？」

信長は上座から舐めるような視線を送ってくる。久秀は口角を上げ、大袈裟に両手を開いて語り始めた。

「左様」

「ほう。如何に」

信長は梟の如き声を上げて短く尋ね返す。

「上様や拙者と異なり、この場にいる方々の内、どれほどが後世に名を残せましょうか」

衆が騒めき、皆の顔にみるみる憤怒が漲ってゆく。信長はというと何が始まるのかといったように、愉快げに静観している。それを確かめると久秀は一気に捲し立てた。

「後世の者は、あなた方のような者がいたのかと首を捻ることでしょうな」

「弾正、貴様！」

家臣の一人が膝を立てたことを切っ掛けに、口々に怒りの言葉を口にする。部屋の中に怒気が満ちていき、信長だけが薄く笑っているという状態である。久秀は頰を指で掻き、首をひょいと捻った。

「拙者は事実を申したまで」

「お主のような悪名、こちらから願い下げだ！」

先ほどとは別の家臣が唾を飛ばして痛罵した。

「悪名も名でござろう？」

しわがれた声で低く返すと、家臣は気圧されたように言葉を呑み込む。刹那の静まりを見逃さず、久秀は鷹揚に話し始めた。

「拙者はどこの馬の骨とも知れぬ男……」

自虐的に言ったが、若干の皮肉もある。ここに居並ぶ諸将の出自も怪しいもの。信長の盟友の徳川家康とて三河の山林を領した、いわば樵の大親分といった程度の家柄。それをやれ源氏だ、やれ平氏だ、藤原だと後付けで家格を高めようとしていることを知っている。

「そのせいか家を残すことに、とんと興味が無い。倅は倅で生きるべき。ましてや十代後の子孫なぞ、可愛くも何ともない。それならば鈴虫でも愛でているほうがましというもの」

久秀は鼻を鳴らす。諸将の顔にはこいつは何を言っているのだという困惑が浮かぶ。ただ信長だけは顎に手を添えてじっと視線を送っている。

「人は何のために生まれたのか……それを考えぬ日はありません」

諸将に向けてか、あるいは信長か。いや己に語り掛けているのかもしれぬ。先ほどまでとは一転、静寂に包まれた謁見の間で、久秀は宙を見つめて朴訥に語り続けた。

「だが確かなことは、人はいずれ死ぬるということ……子だ、孫だ、家だと言い訳をして、無為に過ごしたくはないのですよ」

一年で何人が生まれ、何人が死ぬのか。千や万でないことは確かである。しかもそれが毎年繰り返される。悠久（ゆうきゅう）の歴史の中、生まれたことも死んだことも知られぬ者が大半であろう。己たち兄弟も父母を失い、そこで飢え死んでいたならばそのうちの二人になっていたに違いない。これほど哀しく、苦しんだのにである。どうしてもそれが釈然（しゃくぜん）とせず、ここまで無我夢中で駆け上がってきた。

「松永弾正という男は、確かにここに生きてござる」

久秀にとって名を残すということは、己が今ここに生きているという叫びである。それを悪と呼ぶならば呼べ。そんな想いで結びに凛然と言い放った。

衆の中には身につまされることもあったのか、雷に打たれたように躰を震わせる者もいた。多数の荒い呼吸の音だけが静寂を埋める。それを破って、口を開いたのは信長である。

「弾正、戦国の世に生まれ落ちてよかったな」

「悪運も強いもので」

「人とは斯（か）くありたいものよ」

信長は口角を釣り上げて不敵に笑った。武家とは言わず人と言ったことに、信長の共感が表れている。久秀は虚(うつ)けたように少し眉を開くと、深々と頭を垂れた。

六

織田家は上洛以降も勢い衰えず膨張を続け、各地の諸勢力を併呑(へいどん)していった。このままでは織田家の天下が定まってしまう。焦り始めた久秀のもとに好機が訪れた。信長と関係を悪くした足利将軍家の檄(げき)に応じ、最強と呼び声高い甲斐(かい)の武田(たけだ)家が上洛を始めたとの報が届いたのである。久秀はこれに呼応し、織田家に反旗を翻(ひるがえ)した。

「危険な賭けにございます」

そう止める家臣もいた。だが久秀は迷わなかった。確かに賭けには違いない。これまで己は自らの命だけを元手にやって来た。たとえ敗れたとて命が取られるだけ。その元手の命も刻々と目減りしていくのだから、ここで擲(なげう)たないという選択はない。

賭けは、敗れた。上洛の途にあった武田軍が甲斐に引き返したのである。後に判ったことだが当主である信玄(しんげん)が病没したという。

「信玄坊主、動くのが遅いわ」

　久秀は会ったこともない信玄に小言を零した。恐らく自分の余命が僅かと知り、ようやく乾坤一擲の賭けに出たのだ。もし己が武田家の当主ならば、もっと早い段階で勝負に出た。平安末より続く名門武田家を失うという恐怖が、信玄を際の際まで躊躇させたのだろう。

　久秀は降伏を決意して岐阜城に赴いた。信長は己が心血を注いで縄張りを引いた多聞山城を差し出すように命じ、久秀はこれに従った。命が取られるかどうかの段になって、惜しいものなどは何も無い。

「もう十分名を刻んだのではないか？」

　信長は己の顔をまじまじと確かめた後、口を尖らせながら訊いた。

「まだまだ」

「怪老め。この場で退治してくれようか」

　小姓の持った太刀に手を掛けた。だがその目は確かに笑っている。

「私を生かせば、上様にも利が。この爺が悪名を一手に引き受けまするぞ」

　信長も比叡山を焼き払い、女子供までなで斬りにするなど、己に負けぬ悪評を世に撒き散らしているのだ。

「ふふ……であるか。堪忍してやろう」

「ありがたき幸せ」

これまで信長に反逆した者はいずれも、烈火の如き怒りを受けて滅ぼされている。信長の対応が意外だったようで、居並ぶ諸将、侍る小姓までもが瞠目していた。

「達者な爺よ。存分に刻め」

「そのつもりでござる」

まるで、次の機会があればいつでも謀叛しろ、そう言っているように聞こえた。一生の短さ、家の儚さ、自分のために全力を賭す尊さを、この男もまた解っている。故に己が生きるかもしれなかった、もう一つの人生を見ているような心地なのかもしれない。

その三年半後、初めて謁見してから九年後の天正五年（一五七七年）、武田と覇を競っていた越後の上杉謙信が上洛の構えを見せた。武田家の二の舞も有り得る。加賀や能登を席捲しているが、このまま進軍して来るのかどうかも確かではない。だが久秀は再び信長に反旗を翻した。齢七十。これが真に最後の機会と思い定めたのである。

上杉軍は手取川で織田軍を撃破したものの、本国越後へと引き返した。これで最後の賭けにも敗れたことになる。

――平蜘蛛を寄こせば許す。

信長から信貴山城に立て籠もる久秀の元に書状が来た。これも久秀が所有する名物の茶釜である。

「いかに返答致します」

書状を届けた国高は、拝跪して答えを待った。久秀はゆっくりと目を瞑り、己の一生に想いを馳せた。

三好家に天下を獲らして己はその宰相として名を残す。長頼も一手の大将として名を轟かせただろう。だが三好家はもはや風前の灯火であり、長頼ももうこの世にはいない。

ならばいつしか長頼が軽口を叩いていたように、自ら天下を窺おうともした。だが間の悪いことに、織田信長という巨星が現れたのだ。まるで歴史が己を葬り去ろうとしているかのように思える。

「もう仕舞いじゃな」

久秀は大欠伸をかきつつ、書状を破り捨てて続けた。

「逃げたい者は全て逃がせ」

「殿は……」

「あの日の誓いを遂げる」

久秀は口辺の深い皺をなぞりながら静かに言った。

松永家は間もなく滅びると家臣に明言した。その上で己は最後まで抗うことにする。逃げたい者は逃げても咎めぬと触れを出した。

「お主たち、ちとおかしいのではないか？」

よく残って千ほどかと思っていたのに、何と九千の内、八千が城に残留すると知り久秀は思わず苦笑した。

「皆が殿と共に名を刻もうと」

己の本心は包み隠さずに伝えてある。それがこれまで付き従ってくれた家臣への、せめてもの礼だと考えたからである。

「重荷じゃな」

「今さら何を」

国高は呆れたように先ほどよりもさらに深い溜息をつく。久秀は国高の肩をぽんと叩いた。

「生きた証を残すか」

「悪い顔をなさっておられる」

「儂は悪人じゃ」

天守櫓から星空を見上げた。中に今にも落ちてきそうなほど一等瞬く星がある。

「あれか」

つい昨日突如現れた巨大な箒星である。

——松永弾正が滅ぶ兆しを天帝が告げておられる。

などと口さがない京雀が早くも囀っていると、潜伏させている間者から聞き及んでいる。

「弾正星と呼んでいるとか。不吉でございますな」

もう滅ぶことは決まっている。それなのに国高が不安げな顔をするのがおかしかった。

「そんな馬鹿なことがあるか。儂如きのために星が現れて瞬くのなら、帝が崩御するたびに現れねばならなくなるぞ。だとすれば天帝はかなり暇なようじゃ」

「はあ……」

「あれは天の理よ。だが、使える」

偶然にすぎないが、己の最後を彩るには都合のよい事象に違いない。星はゆっくりと流れる。まるで俺も混ぜてくれと天から弟が降りてこようとしているように思えた。天の理云々を語った舌の根も乾かぬうちに、そのようなことを考えた己が可笑しく、久秀は頬を指で掻きつつ自嘲気味に笑った。

七

信貴山城が完全に包囲されたのは、十月三日のこと。大将は信長の嫡男信忠。他に大和の宿敵筒井順慶、明智光秀、細川藤孝からなる四万の大軍である。同日に平蜘蛛の茶釜を差し出せば降ることを認めると、最終の勧告があった。

「少しだけ考えさせて頂きたい」

久秀は使者に対して神妙に答えた。実際はもう降る気などさらさら無い。少しでも時を稼ぎたかった。援軍が来る見込みは無い孤城である。他に訳がある。

十年前の十月十日、東大寺が炎上焼失した。実際は異なるが、すっかり久秀が焼き払ったというものに話がすり替わっている。十年経った今でも、いつか仏罰に当たるだろうなどと言う者が後を絶たない。

「ならば望み通り罰に当たってやろう」

久秀は七日後の十月十日に死んでみせようと決めていたのだ。自ら罰に当たりにいくなど笑い話にもならないが、世間の己の印象を鑑みればこれこそ最もしっくりきて、万世にまで名を残せると考えた。己の死を、滅亡を彩るつもりでいるのだ。

十月五日、一向に返答が無いので騙されたと思った織田軍は総攻撃を開始した。信貴山城は己が縄張りを引いて改修した堅城。そう易々とは落ちない。それでもあまりに苛烈な織田軍の攻撃に、久秀は夕刻になる度、

「早よ、沈め」

西日を睨みつけて、上方訛りで呟いた。

陽が落ちて小康を得ると、抱えの医者に命じて頭の頂に灸を据えさせる。これは中風の予防によいと聞き、数年前から始めた日課である。

十月八日の夜半、外が俄かに騒がしくなった。織田軍が夜襲を掛けてきたのである。国高が報告に参じた時、久秀は灸を据えているところであった。

「殿、夜襲でござる」

「見ずとも判る。あれは恰好だけじゃ、すぐに引き上げる」

「しかし万が一ということもあります」

「心配ない。鬨の声が少ないだろう？　大方筒井が手柄を焦っているのよ」

「全く……あと二日で死のうとされているのに、灸など無用でしょうに」

小言を零してばかりいるが、殿が魔王の如き男と名を残すならば、誰かが牛頭馬頭を務めねば恰好が付きませぬなどと言って、真っ先に城に残ると表明したのもこの国高である。

「腹を切る時に中風になっていたらどうする。世の者どもに大層笑われるわ。そうれば全ての仕込みが水の泡よ」

「そう言えば、武士の心得のように聞こえるから不思議でござるな」

国高は首の後ろに手を回して苦笑する。

「おお、それは良い。敵陣に行って、弾正は顔色も変えずに灸を据えておると言い触らして来い。恰好のよい逸話の出来上がりじゃ」

久秀は灸が零れ落ちぬよう、手をゆっくりと上げて外を指示した。

「死の間際に自ら逸話を作ろうとする武士など、後にも先にも殿だけでしょうな。その裏側を知っている拙者としては不恰好に見えまするが」

「言うなよ。内緒じゃ」

久秀は口に指を当てて鋭く息を吐くと、にかりと笑った。

「行って参ります。殿は夜襲の最中も灸を……」

「顔色も変えず……の文言が抜けておるぞ」

「承知しました」

国高は餓鬼(がき)大将の我(わ)が儘(まま)に付き合うかのように、顔を大袈裟に顰(しか)めて出て行った。

夜襲は久秀の見立て通りすぐに終わり、翌九日も織田軍は二の丸すら突破できなかった。陽が沈むとすぐに国高を呼び立てて、久秀は苦々しく言った。

「まずいぞ、国高」

「今度は何でしょう」

もう慣れたといったように国高も動じない。

「秋田城介(あきたじょうのすけ)は思いの外、戦が下手じゃ」

秋田城介とは信長の嫡男で総大将の信忠のことである。

「それは朗報ですな」

「儂は明日、死なねばならぬのだぞ。それなのにまだ三の丸も破ってくれぬ」

「自ら火を放つのならば、別によいのでは？」

最後はありったけの火薬を集め、火を放って天守櫓ともども、自らを木端微塵(こっぱみじん)に吹き飛ばそうと考えていた。古今東西、これほど派手な最期を迎えた武将は聞いたことがない。

「愚か者め。嘘くさいではないか」

国高は受け口になって息を天に吹きかける。ここ数日で、この老家老の溜息の種類にも随分と幅が出た。

「では、如何に？」

「今一度、皆に訊こう」

夜半、久秀自ら各陣を回った。この期に及んでも士気高き家臣たちである。なかなかに志願する者はいない。ただ二百名ほどだが、説得に応じてくれる者たちもいた。家族や郷里が恋しくなっていたのだろう。咎めるつもりなどは毛頭無い。人とは己の一生に正直でよいのだ。久秀は一人一人に労いの言葉を掛けていった。

十日の払暁、元筒井家の家臣、森好久が率いる二百の兵が敵方に内通し、三の丸に焼き討ちをかけた。

「達者でな」

久秀は天守櫓から燃え盛る三の丸を眺めつつ、ぽつりと呟いた。昨夜、涙を浮かべつつ別れを言った者たちの顔が思い出される。彼らは生きた証を求め、再び乱世という大海に漕ぎ出すことを決めたのだ。

「さて、灸でも据えるか」

今日の夜はもうやってきそうには無い。寄せ手の喊声の中、昼前からじっくりと灸を据えた。

――何故、名を残したい。

艾の炙られる香りが充満する中、宙の一点を見つめて考えた。

人は誰しも名を残したい欲求を持っているのではないか。だが大半の者が己には無理だと半ばで諦める。その中でごく稀に己のように諦められぬ者がいる。

後の世の人々に褒め称えられたいといった大層な欲求ではない。生き別れた想い人に、どうか己を忘れないで欲しいといった凡愚な願いに似ているかもしれぬ。全ての人に忘れられた時、人は二度目の死を迎えるのかもしれない。

陽が傾いた時、織田軍から再び茶釜を渡せば許すとの報せが入った。これに久秀は応とも否とも答えず、ただ一言、

「砕け散るのを、刮目して胸に留めよ」

と、頰をつるりと撫でて返した。砕けるのは国一つと替えられるともいわれるほどの茶釜か、己が精魂込めて仕上げた信貴山の天守櫓か、はたまた松永弾正という一個の人か。それとも見果てぬ夢か。己でもはきと解らぬまま口を衝いて出た。

嘲笑うかのような久秀の返答を受け、総攻撃が再開された。

久秀はこの段においても配下のうち、生きたいと言う者は落ち延びさせた後、備蓄

していた火薬を全て天守櫓に運び込ませた。

十月十日夕六つ（十八時頃）、信貴山城に築かれた四層の天守櫓から、天をも震わせるほどの轟音と共に焔柱が立ち上った。

享年七十。寄せ手の織田兵が手を止めて唖然となるほどの壮絶な最期であった。

後の世で梟雄と揶揄され、あるいは戦国の権化の如く語られる老兵は、茶釜に生きた証の全てを詰め込んで、星が燦然と輝く大和の夜空に舞い上がった。

●略歴

矢野 隆
（やの・たかし）

1976年福岡県生まれ。2008年『蛇衆』で小説すばる新人賞を受賞しデビュー。'21年「戦百景シリーズ」で細谷正充賞、'22年『琉球建国記』で日本歴史時代作家協会賞作品賞を受賞。『無頼ッ！』などのニューウェーブ時代小説と呼ばれる作品や、『戦国BASARA3 伊達政宗の章』などのゲームやコミックのノベライズ作品も執筆。近著に『戦神の裔』がある。

木下昌輝
（きのした・まさき）

1974年奈良県生まれ。2015年デビュー作『宇喜多の捨て嫁』で高校生直木賞、歴史時代作家クラブ賞新人賞、舟橋聖一文学賞、'19年『天下一の軽口男』で大阪ほんま本大賞、『絵金、闇を塗る』で野村胡堂文学賞、'20年『まむし三代記』で日本歴史時代作家協会賞作品賞、中山義秀文学賞、'22年『孤剣の涯て』で本屋が選ぶ時代小説大賞を受賞。近著に『応仁悪童伝』がある。

天野純希
（あまの・すみき）

1979年愛知県生まれ。2007年「桃山ビート・トライブ」で小説すばる新人賞を受賞しデビュー。'13年『破天の剣』で中山義秀文学賞、'19年『雑賀のいくさ姫』で日本歴史時代作家協会賞作品賞を受賞。同年8作家の競作による「螺旋プロジェクト」にて『もののふの国』を刊行。近著に『乱都』『もろびとの空 三木城合戦記』がある。

武川　佑
（たけかわ・ゆう）

１９８１年神奈川県生まれ。２０１６年「鬼惑い」で決戦！小説大賞奨励賞を受賞。'17年『虎の牙』でデビュー。'18年同作で歴史時代作家クラブ賞新人賞、'21年『千里をゆけ　くじ引き将軍と隻腕女』で日本歴史時代作家協会賞作品賞を受賞。近著に『落梅の賦』『かすてぼうろ　越前台所衆於くらの覚書』がある。

澤田瞳子
（さわだ・とうこ）

１９７７年京都府生まれ。２０１１年デビュー作『孤鷹の天』で中山義秀文学賞、'13年『満つる月の如し　仏師・定朝』で本屋が選ぶ時代小説大賞、新田次郎文学賞、'16年『若冲』で親鸞賞、歴史時代作家クラブ賞作品賞、'20年『駆け入りの寺』で舟橋聖一文学賞、'21年『星落ちて、なお』で直木賞を受賞。近著に『漆花ひとつ』『恋ふらむ鳥は』『吼えろ道真　大宰府の詩』がある。

今村翔吾
（いまむら・しょうご）

１９８４年京都府生まれ。２０１７年『火喰鳥　羽州ぼろ鳶組』でデビュー。'20年『八本目の槍』で吉川英治文学新人賞、同年『じんかん』で山田風太郎賞、'21年「羽州ぼろ鳶組」シリーズで吉川英治文庫賞、'22年『塞王の楯』で直木賞を受賞。ほかに「くらまし屋稼業」シリーズ、「イクサガミ」シリーズがある。

本書は二〇一九年七月に小社より刊行した単行本
『戦国の教科書』収録の短編小説を再録したものです。

風雲　戦国アンソロジー

矢野 隆、木下昌輝、天野純希、武川 佑、
澤田瞳子、今村翔吾

定価はカバーに
表示してあります

2023年1月17日第1刷発行

発行者——鈴木章一
発行所——株式会社　講談社
東京都文京区音羽2-12-21　〒112-8001
電話　出版（03）5395-3510
　　　販売（03）5395-5817
　　　業務（03）5395-3615

Printed in Japan

デザイン—菊地信義
本文データ制作—講談社デジタル製作
印刷———株式会社KPSプロダクツ
製本———株式会社国宝社

落丁本・乱丁本は購入書店名を明記のうえ、小社業務あてにお送りください。送料は小社負担にてお取替えします。なお、この本の内容についてのお問い合わせは講談社文庫あてにお願いいたします。

ISBN978-4-06-525750-0

講談社文庫刊行の辞

二十一世紀の到来を目睫に望みながら、われわれはいま、人類史上かつて例を見ない巨大な転換期をむかえようとしている。

世界も、日本も、激動の予兆に対する期待とおののきを内に蔵して、未知の時代に歩み入ろうとしている。このときにあたり、創業の人野間清治の「ナショナル・エデュケイター」への志を現代に甦らせようと意図して、われわれはここに古今の文芸作品はいうまでもなく、ひろく人文・社会・自然の諸科学から東西の名著を網羅する、新しい綜合文庫の発刊を決意した。

激動の転換期はまた断絶の時代である。われわれは戦後二十五年間の出版文化のありかたへの深い反省をこめて、この断絶の時代にあえて人間的な持続を求めようとする。いたずらに浮薄な商業主義のあだ花を追い求めることなく、長期にわたって良書に生命をあたえようとつとめるところにしか、今後の出版文化の真の繁栄はあり得ないと信じるからである。

同時にわれわれはこの綜合文庫の刊行を通じて、人文・社会・自然の諸科学が、結局人間の学にほかならないことを立証しようと願っている。かつて知識とは、「汝自身を知る」ことにつきていた。現代社会の瑣末な情報の氾濫のなかから、力強い知識の源泉を掘り起し、技術文明のただなかに、生きた人間の姿を復活させること。それこそわれわれの切なる希求である。

われわれは権威に盲従せず、俗流に媚びることなく、渾然一体となって日本の「草の根」をかたちづくる若く新しい世代の人々に、心をこめてこの新しい綜合文庫をおくり届けたい。それは知識の泉であるとともに感受性のふるさとであり、もっとも有機的に組織され、社会に開かれた万人のための大学をめざしている。大方の支援と協力を衷心より切望してやまない。

一九七一年七月

野間省一

芥川龍之介 藪の中
有吉佐和子 新装版 和宮様御留
阿刀田 高 ナポレオン狂
阿刀田 高 新装版 ブラック・ジョーク大全
安房直子 春の窓〈安房直子ファンタジー〉
相沢忠洋 「岩宿」の発見〈幻の旧石器を求めて〉
赤川次郎 偶像崇拝殺人事件
赤川次郎 人間消失殺人事件
赤川次郎 三姉妹探偵団
赤川次郎 三姉妹探偵団2〈キャンパス篇〉
赤川次郎 三姉妹探偵団3〈珠美・初恋篇〉
赤川次郎 三姉妹探偵団4〈怪奇篇〉
赤川次郎 三姉妹探偵団5〈復讐篇〉
赤川次郎 三姉妹探偵団6〈危機一髪篇〉
赤川次郎 三姉妹探偵団7〈駆け落ち篇〉
赤川次郎 三姉妹探偵団8〈人質篇〉
赤川次郎 三姉妹探偵団9〈青ひげ篇〉
赤川次郎 三姉妹探偵団10〈父恋し篇〉
赤川次郎 死が小径をやってくる〈三姉妹探偵団11〉

赤川次郎 死神のお気に入り〈三姉妹探偵団12〉
赤川次郎 次女と野獣〈三姉妹探偵団13〉
赤川次郎 心地よい悪夢〈三姉妹探偵団14〉
赤川次郎 ふるえて眠れ、三姉妹〈三姉妹探偵団15〉
赤川次郎 三姉妹、呪いの道行〈三姉妹探偵団16〉
赤川次郎 三姉妹、初めてのおつかい〈三姉妹探偵団17〉
赤川次郎 恋の花咲く三姉妹〈三姉妹探偵団18〉
赤川次郎 月もおぼろに三姉妹〈三姉妹探偵団19〉
赤川次郎 三姉妹、ふしぎな旅日記〈三姉妹探偵団20〉
赤川次郎 三姉妹、清く貧しく美しく〈三姉妹探偵団21〉
赤川次郎 三姉妹と忘れじの面影〈三姉妹探偵団22〉
赤川次郎 三姉妹、舞踏会への招待〈三姉妹探偵団23〉
赤川次郎 三人姉妹殺人事件〈三姉妹探偵団24〉
赤川次郎 三姉妹、さびしい入江の歌〈三姉妹探偵団25〉
赤川次郎 三姉妹、恋と罪の峡谷〈三姉妹探偵団26〉
赤川次郎 静かな町の夕暮に
赤川次郎 キネマの天使〈レンズの奥の殺人者〉
新井素子 グリーン・レクイエム〈新装版〉
安能務 訳 封神演義 全三冊

安西水丸 東京美女散歩
綾辻行人 殺人方程式〈切断された死体の問題〉
綾辻行人 鳴風荘事件 殺人方程式II
綾辻行人 十角館の殺人〈新装改訂版〉
綾辻行人 水車館の殺人〈新装改訂版〉
綾辻行人 迷路館の殺人〈新装改訂版〉
綾辻行人 人形館の殺人〈新装改訂版〉
綾辻行人 時計館の殺人〈新装改訂版〉
綾辻行人 黒猫館の殺人〈新装改訂版〉
綾辻行人 暗黒館の殺人 全四冊
綾辻行人 びっくり館の殺人
綾辻行人 奇面館の殺人(上)(下)
綾辻行人 どんどん橋、落ちた〈新装改訂版〉
綾辻行人 緋色の囁き〈新装改訂版〉
綾辻行人 暗闇の囁き〈新装改訂版〉
綾辻行人 黄昏の囁き〈新装改訂版〉
綾辻行人 人間じゃない〈完全版〉
綾辻行人ほか 7人の名探偵
我孫子武丸 探偵映画

講談社文庫　目録

あさのあつこ　NO.6〔ナンバーシックス〕#9
あさのあつこ　NO.6 beyond〔ナンバーシックス・ビヨンド〕
あさのあつこ　待ってる　〈橘屋草子〉
あさのあつこ　さいとう市立さいとう高校野球部（上）（下）
あさのあつこ　甲子園でエースしちゃいました　〈さいとう市立さいとう高校野球部〉
あさのあつこ　おれが先輩？　〈さいとう市立さいとう高校野球部〉
阿部夏丸　泣けない魚たち
朝倉かすみ　肝、焼ける
朝倉かすみ　好かれようとしない
朝倉かすみ　ともしびマーケット
朝倉かすみ　感応連鎖
朝倉かすみ　たそがれどきに見つけたもの
朝比奈あすか　憂鬱なハスビーン
朝比奈あすか　あの子が欲しい
天野作市　気高き昼寝
天野作市　みんなの旅行
青柳碧人　浜村渚の計算ノート
青柳碧人　浜村渚の計算ノート　2さつめ　〈ふしぎの国の期末テスト〉
青柳碧人　浜村渚の計算ノート　3さつめ　〈水色コンパスと恋する幾何学〉

青柳碧人　浜村渚の計算ノート　3と1/2さつめ　〈ふえるま島の最終定理〉
青柳碧人　浜村渚の計算ノート　4さつめ　〈方程式は歌声に乗って〉
青柳碧人　浜村渚の計算ノート　5さつめ　〈鳴くよウグイス、平面上〉
青柳碧人　浜村渚の計算ノート　6さつめ　〈パピルスよ、永遠に〉
青柳碧人　浜村渚の計算ノート　7さつめ　〈悪魔とポタージュスープ〉
青柳碧人　浜村渚の計算ノート　8さつめ　〈虚数じかけの夏みかん〉
青柳碧人　浜村渚の計算ノート　8と2分の1さつめ　〈つるかめ家の一族〉
青柳碧人　浜村渚の計算ノート　9さつめ　〈恋人たちの必勝法〉
青柳碧人　霊視刑事夕雨子1　〈誰かがそこにいる〉
青柳碧人　霊視刑事夕雨子2　〈雨空の鎮魂歌〉
朝井まかて　花競べ　〈向嶋なずな屋繁盛記〉
朝井まかて　ちゃんちゃら
朝井まかて　すかたん
朝井まかて　ぬけまいる
朝井まかて　恋歌
朝井まかて　阿蘭陀西鶴
朝井まかて　藪医　ふらここ堂
朝井まかて　福袋
朝井まかて　草々不一

歩りえこ　ブラを捨て旅に出よう　〈貧乏乙女の"世界一周"旅行記〉
安藤祐介　営業零課接待班
安藤祐介　被取締役新入社員
安藤祐介　おい！山田　〈大翔製菓広報宣伝部〉
安藤祐介　宝くじが当たったら
安藤祐介　一〇〇〇ヘクトパスカル
安藤祐介　テノヒラ幕府株式会社
安藤祐介　本のエンドロール
青木理　絞首刑
麻見和史　石の繭　〈警視庁殺人分析班〉
麻見和史　蟻の階段　〈警視庁殺人分析班〉
麻見和史　水晶の鼓動　〈警視庁殺人分析班〉
麻見和史　虚空の糸　〈警視庁殺人分析班〉
麻見和史　聖者の凶数　〈警視庁殺人分析班〉
麻見和史　女神の骨格　〈警視庁殺人分析班〉
麻見和史　蝶の力学　〈警視庁殺人分析班〉
麻見和史　雨色の仔羊　〈警視庁殺人分析班〉
麻見和史　奈落の偶像　〈警視庁殺人分析班〉
麻見和史　鷹の砦　〈警視庁殺人分析班〉

講談社文庫 目録

麻見和史 凪の残響〈警視庁殺人分析班〉
麻見和史 天空の鏡〈警視庁殺人分析班〉
麻見和史 深紅の断片〈警防課救命チーム〉
麻見和史 邪神の天秤〈警視庁公安分析班〉
麻見和史 偽神の審判〈警視庁公安分析班〉
有川 浩 三匹のおっさん
有川 浩 三匹のおっさん ふたたび
有川 浩 ヒア・カムズ・ザ・サン
有川 浩 旅猫リポート
有川 ひろ アンマーとぼくら
有川ひろ ほか ニャンニャンにゃんそろじー
荒崎一海 門前仲町〈九頭竜覚山 浮世綴(一)〉
荒崎一海 蓬莱橋雨景〈九頭竜覚山 浮世綴(二)〉
荒崎一海 寺町哀感〈九頭竜覚山 浮世綴(三)〉
荒崎一海 小名木川〈九頭竜覚山 浮世綴(四)〉
荒崎一海 一色町雪花〈九頭竜覚山 浮世綴(五)〉
朱野帰子 駅物語
朱野帰子 対岸の家事
東 浩紀 一般意志2・0〈ルソー、フロイト、グーグル〉

朝倉宏景 白球アフロ
朝倉宏景 野球部ひとり
朝倉宏景 つよく結べ、ポニーテール
朝倉宏景 あめつちのうた
朝井リョウ スペードの3
朝井リョウ 世にも奇妙な君物語
有沢ゆう希 末次由紀 原作 〈小説〉ちはやふる 上の句
有沢ゆう希 末次由紀 原作 〈小説〉ちはやふる 下の句
有沢ゆう希 末次由紀 原作 〈小説〉ちはやふる 結び
有沢ゆう希 小説 パーフェクトワールド〈君といる奇跡〉
有沢ゆう希 原作：金田一蓮十郎 脚本：徳永友一 小説 ライアー×ライアー
秋川滝美 幸腹な百貨店
秋川滝美 幸腹な百貨店〈デパ地下おにぎり騒動〉
秋川滝美 幸腹な百貨店〈催事場で蕎麦屋呑み〉
秋川滝美 マチのお気楽料理教室
秋川滝美 ヒソップ亭〈湯けむり食事処〉
赤神 諒 神遊の城
赤神 諒 大友二階崩れ
赤神 諒 大友落月記

赤神 諒 酔象の流儀 朝倉盛衰記
赤神 諒 空貝〈村上水軍の神姫〉
赤神 諒 立花三将伝
彩瀬まる やがて海へと届く
浅生 鴨 伴走者
天野純希 有楽斎の戦
天野純希 雑賀のいくさ姫
青木祐子 コーチ！〈はげまし屋・立花ことりのクライアントファイル〉
秋保水菓 コンビニなしでは生きられない
相沢沙呼 medium〈霊媒探偵城塚翡翠〉
新井見枝香 本屋の新井
碧野 圭 凛として弓を引く
碧野 圭 凛として弓を引く〈青雲篇〉
赤松利市 東京棄民
五木寛之 ソフィアの秋
五木寛之 狼のブルース
五木寛之 海峡物語
五木寛之 風花のひと
五木寛之 鳥の歌(上)(下)

講談社文庫　目録

磯田道史　歴史とは靴である
石原慎太郎　湘南夫人
井戸川射子　ここはとても速い川
内田康夫　シーラカンス殺人事件
内田康夫　パソコン探偵の名推理
内田康夫　「横山大観」殺人事件
内田康夫　江田島殺人事件
内田康夫　琵琶湖周航殺人歌
内田康夫　夏泊殺人岬
内田康夫　「信濃の国」殺人事件
内田康夫　風葬の城
内田康夫　透明な遺書
内田康夫　鞆の浦殺人事件
内田康夫　終幕のない殺人
内田康夫　御堂筋殺人事件
内田康夫　記憶の中の殺人
内田康夫　北国街道殺人事件
内田康夫　「紅藍の女」殺人事件
内田康夫　「紫の女」殺人事件

内田康夫　藍色回廊殺人事件
内田康夫　明日香の皇子
内田康夫　華の下にて
内田康夫　黄金の石橋
内田康夫　靖国への帰還
内田康夫　不等辺三角形
内田康夫　ぼくが探偵だった夏
内田康夫　逃げろ光彦〈内田康夫と5人の女たち〉
内田康夫　悪魔の種子
内田康夫　戸隠伝説殺人事件
内田康夫　新装版　死者の木霊
内田康夫　新装版　漂泊の楽人
内田康夫　新装版　平城山を越えた女
内田康夫　秋田殺人事件
内田康夫　孤道
和久井清水　孤道　完結編〈金色の眠り〉
内田康夫　イーハトーブの幽霊
歌野晶午　死体を買う男
歌野晶午　安達ヶ原の鬼密室

歌野晶午　新装版　長い家の殺人
歌野晶午　新装版　白い家の殺人
歌野晶午　新装版　動く家の殺人
歌野晶午　密室殺人ゲーム王手飛車取り
歌野晶午　新装版　ROMMY　越境者の夢
歌野晶午　増補版　放浪探偵と七つの殺人
歌野晶午　新装版　正月十一日、鏡殺し
歌野晶午　密室殺人ゲーム2.0
歌野晶午　密室殺人ゲーム・マニアックス
歌野晶午　魔王城殺人事件
内館牧子　終わった人
内館牧子　別れてよかった〈新装版〉
内館牧子　すぐ死ぬんだから
内田洋子　皿の中に、イタリア
宇江佐真理　泣きの銀次
宇江佐真理　晩鐘〈続・泣きの銀次〉
宇江佐真理　虚ろ舟〈泣きの銀次参之章〉
宇江佐真理　室の梅〈おろく医者覚え帖〉
宇江佐真理　涙堂〈琴女癸酉日記〉

宇江佐真理　あやめ横丁の人々
宇江佐真理　卵のふわふわ　八丁堀喰い物草紙・江戸前でもなし
宇江佐真理　日本橋本石町やさぐれ長屋
浦賀和宏　眠りの牢獄
上野哲也　五五五文字の巡礼〈魏志倭人伝トーク 地理篇〉
魚住　昭　渡邉恒雄 メディアと権力
魚住　昭　野中広務 差別と権力
魚住直子　非・バランス
魚住直子　未・フレンズ
魚住直子　ピンクの神様
上田秀人　密封〈奥右筆秘帳〉
上田秀人　国禁〈奥右筆秘帳〉
上田秀人　侵蝕〈奥右筆秘帳〉
上田秀人　継承〈奥右筆秘帳〉
上田秀人　簒奪〈奥右筆秘帳〉
上田秀人　秘闘〈奥右筆秘帳〉
上田秀人　隠密〈奥右筆秘帳〉
上田秀人　刃傷〈奥右筆秘帳〉
上田秀人　召抱〈奥右筆秘帳〉

上田秀人　墨痕〈奥右筆秘帳〉
上田秀人　天下〈奥右筆秘帳〉
上田秀人　決戦〈奥右筆秘帳〉
上田秀人　前夜〈奥右筆外伝〉
上田秀人　軍師の挑戦〈上田秀人初期作品集〉
上田秀人　天主信長〈表〉〈我こそ天下なり〉
上田秀人　天主信長〈裏〉〈天を望むなかれ〉
上田秀人　波乱〈百万石の留守居役(一)〉
上田秀人　思惑〈百万石の留守居役(二)〉
上田秀人　新参〈百万石の留守居役(三)〉
上田秀人　遺臣〈百万石の留守居役(四)〉
上田秀人　密約〈百万石の留守居役(五)〉
上田秀人　使者〈百万石の留守居役(六)〉
上田秀人　貸借〈百万石の留守居役(七)〉
上田秀人　参勤〈百万石の留守居役(八)〉
上田秀人　因果〈百万石の留守居役(九)〉
上田秀人　忖度〈百万石の留守居役(十)〉
上田秀人　騒動〈百万石の留守居役(十一)〉
上田秀人　分断〈百万石の留守居役(十二)〉

上田秀人　舌戦〈百万石の留守居役(十三)〉
上田秀人　愚劣〈百万石の留守居役(十四)〉
上田秀人　布石〈百万石の留守居役(十五)〉
上田秀人　乱麻〈百万石の留守居役(十六)〉
上田秀人　要訣〈百万石の留守居役(十七)〉
上田秀人　梟の系譜〈宇喜多四代〉
上田秀人　竜は動かず　奥羽越列藩同盟顛末　(上)万里波濤編　(下)帰郷奔走編
上田秀人　戦端〈武商繚乱記(一)〉
内田　樹　下流志向〈学ばない子どもたち 働かない若者たち〉
内田　樹・釈　徹宗　現代霊性論
上橋菜穂子　獣の奏者〈Ⅰ闘蛇編〉
上橋菜穂子　獣の奏者〈Ⅱ王獣編〉
上橋菜穂子　獣の奏者〈Ⅲ探求編〉
上橋菜穂子　獣の奏者〈Ⅳ完結編〉
上橋菜穂子　獣の奏者〈外伝 刹那〉
上橋菜穂子　物語ること、生きること
上橋菜穂子　明日は、いずこの空の下
上野　誠　万葉学者、墓をしまい母を送る
海猫沢めろん　愛についての感じ

海猫沢めろん　キッズファイヤー・ドットコム
冲方　丁　戦の国
上田岳弘　ニムロッド
上野　歩　キリの理容室
内田英治　異動辞令は音楽隊！
遠藤周作　ぐうたら人間学
遠藤周作　聖書のなかの女性たち
遠藤周作　さらば、夏の光よ
遠藤周作　最後の殉教者
遠藤周作　反逆(上)(下)
遠藤周作　ひとりを愛し続ける本
遠藤周作　周作塾〈読んでもタメにならないエッセイ〉
遠藤周作　新装版 海と毒薬
遠藤周作　新装版 わたしが・棄てた・女
遠藤周作　深い河(ディープ・リバー)〈新装版〉
江波戸哲夫　新装版 銀行支店長
江波戸哲夫　集団左遷
江波戸哲夫　新装版 ジャパン・プライド
江波戸哲夫　起業の星
江波戸哲夫　ビジネスウォーズ〈カリスマと戦犯〉
江波戸哲夫　リストラ事変〈ビジネスウォーズ2〉
江上　剛　頭取無惨
江上　剛　企業戦士
江上　剛　リベンジ・ホテル
江上　剛　起死回生
江上　剛　瓦礫の中のレストラン
江上　剛　非情銀行
江上　剛　東京タワーが見えますか。
江上　剛　慟哭の家
江上　剛　家電の神様
江上　剛　ラストチャンス 再生請負人
江上　剛　ラストチャンス 参謀のホテル
江上　剛　一緒にお墓に入ろう
江國香織　真昼なのに昏(くら)い部屋
江國香織他　100万分の1回のねこ
円城　塔　道化師の蝶
江原啓之　スピリチュアルな人生に目覚めるために〈心に「人生の地図」を持つ〉
江原啓之　トラウマ あなたが生まれてきた理由
大江健三郎　新しい人よ眼ざめよ
大江健三郎　取り替え子(チェンジリング)
大江健三郎　晩年様式集(イン・レイト・スタイル)
小田　実　何でも見てやろう
沖　守弘　マザー・テレサ〈あふれる愛〉
岡嶋二人　解決まではあと6人〈5W1H殺人事件〉
岡嶋二人　99％の誘拐
岡嶋二人　クラインの壺
岡嶋二人　ダブル・プロット
岡嶋二人　新装版 焦茶色のパステル
岡嶋二人　チョコレートゲーム 新装版
岡嶋二人　そして扉が閉ざされた〈新装版〉
太田蘭三　殺(さっ)・風(ぷう)景(けい)〈警視庁北多摩署特捜本部〉
大前研一　企業参謀 正・続
大前研一　やりたいことは全部やれ！
大前研一　考える技術
大沢在昌　野獣駆けろ
大沢在昌　相続人TOMOKO
大沢在昌　ウォームハート コールドボディ

講談社文庫　目録

講談社文庫　目録

奥泉　光　ビビビ・ビ・バップ
折原みと　制服のころ、君に恋した。
折原みと　時の輝き
折原みと　幸福のパズル
大城立裕　小説 琉球処分 (上)(下)
太田尚樹　満州　裏　史〈甘粕正彦と岸信介が背負ったもの〉
太田尚樹　世紀の愚行〈太平洋戦争・日米開戦前夜〉
大島真寿実　ふじこさん
大泉康雄　あさま山荘銃撃戦の深層 (上)(下)
大山淳子　猫弁〈天才百瀬とやっかいな依頼人たち〉
大山淳子　猫弁と透明人間
大山淳子　猫弁と指輪物語
大山淳子　猫弁と少女探偵
大山淳子　猫弁と魔女裁判
大山淳子　猫弁と星の王子
大山淳子　猫弁と鉄の女
大山淳子　雪　猫
大山淳子　イーヨくんの結婚生活
大倉崇裕　小鳥を愛した容疑者
大倉崇裕　蜂に魅かれた容疑者〈警視庁いきもの係〉
大倉崇裕　ペンギンを愛した容疑者〈警視庁いきもの係〉
大倉崇裕　クジャクを愛した容疑者〈警視庁いきもの係〉
大倉崇裕　アロワナを愛した容疑者〈警視庁いきもの係〉
大鹿靖明　メルトダウン〈ドキュメント福島第一原発事故〉
荻原　浩　砂の王国 (上)(下)
荻原　浩　家族写真
小野正嗣　九年前の祈り
大友信彦　オールブラックスが強い理由〈世界最強チーム勝利のメソッド〉
乙　一　銃とチョコレート
織守きょうや　霊感検定
織守きょうや　霊感検定〈心霊アイドルの憂鬱〉
織守きょうや　霊感検定〈春にして君を離れ〉
織守きょうや　少女は鳥籠で眠らない
おーなり由子　きれいな色とことば
岡崎琢磨　病弱探偵〈謎は彼女の特効薬〉
小野寺史宜　その愛の程度
小野寺史宜　近いはずの人
小野寺史宜　それ自体が奇跡
小野寺史宜　縁
大崎　梢　横濱エトランゼ
太田哲雄　アマゾンの料理人〈世界一の"美味しい"を探して僕が行き着いた場所〉
小竹正人　空に住む
岡本さとる　駕籠屋春秋 新三と太十
岡本さとる　質屋の娘〈駕籠屋春秋 新三と太十〉
岡本さとる　雨やどり〈駕籠屋春秋 新三と太十〉
岡崎大五　食べるぞ!世界の地元メシ
荻上直子　川っぺりムコリッタ
海音寺潮五郎　新装版 江戸城大奥列伝
海音寺潮五郎　新装版 孫子 (上)(下)
海音寺潮五郎　新装版 赤穂義士
加賀乙彦　新装版 高山右近
加賀乙彦　ザビエルとその弟子
加賀乙彦　殉教者
加賀乙彦　わたしの芭蕉
柏葉幸子　ミラクル・ファミリー
勝目　梓　小説家
桂　米朝　米朝ばなし〈上方落語地図〉

2022年12月15日現在